6만 시간

특별한서재

차례

1

창밖으로 보이는 하늘은 차가울 정도로 파랬다. 어제까지만 해도 기승을 부리던 미세먼지는 어디로 사라졌는지 신기할 정도였다. 오늘 오후부터 비가 내린다는 일기 예보는 또 빗나갈 게 뻔했다. 오늘은 좀 편하게 보낼 수 있을지도 모른다고 살짝 기대했는데 좋다가 말았다. 하긴 기대한 내가 잘못이다. 어제도, 그제도 미세먼지가 자욱해서 그렇지 맑은 날씨였다. 전문적인 지식이 없는 내가 보기에도 오늘 비가 내리지는 않을 확률이 더 높아 보였다. 먼 바다가 어쩌고저쩌고 대륙성이니 기압골이니 어려운 말을 골라 하며 비가 내린다더니. 무슨 배짱으로 비올 확률 99퍼센트라고 했는지 모르겠다. 일기 예보 댓글을 보니까 '기상청에서 비 온다고 하니 내일은 맑겠네.' '여러분 내일 우산 절대 챙기지 마시고 나들이 계획이 있으시면 마음 편히 다녀오세요.' 이런 글이 수두룩하긴 하더라. 그래도 혹시나 했다. 한두 번 속는 것도 아니면서 말이다.

"분명히 봤다는 말이지?"

담임이 물었다. 목소리가 건조했다.

"분명히는 아니지만……."

빠져나갈 구멍은 만들어 놔야 한다. 영준이가 강조한 말이다. 나 자신도 긴가민가한 부분이 있긴 하다는 뜻으로 고개를 갸웃거렸다.

"봤다는 거야? 안 봤다는 거야? 봤으니까 가게 점원에게 알려주었을 거 아니야?"

역시 습도 0퍼센트의 건조한 목소리였다. 마음이 놓였다. 건조하다는 것은 안심해도 된다는 말이다. 습도가 없으면 곰팡이라든지 병균이 서식할 확률이 적다. 뜻하지 않은 곳에서 가려움증이 발생하거나 두드러기와 같은 귀찮은 것들이 생길 일도 없다.

"예."

"알았다. 가봐라."

교무실에서 나오는데 복도 가득 오후 햇살이 일렁였다. 비오긴 확실히 글렀다. 그때 영준이에게 전화가 왔다.

"담임이 뭐라던데?"

"봤냐고."

"그래서?"

"봤다고 했어."

영준이가 잠깐 조용했다.

"우리 서일이 오늘 금요일이라 겁나 바쁘겠네. 날은 왜 이렇게 좋으냐? 밤에 살짝 가보든가 할게. 수고해라, 건물주 대기 3호."

영준이는 긴장을 풀어주려고 건물주라고 말하는 듯했다.

나는 건물주의 아들이다. 아빠와 엄마가 공동 명의로 있는 건물은 지하철역 바로 입구에 있다.

아빠는 단 한 번도 나에게 건물을 물려준다는 말을 한 적이 없다. 아빠는 이미 오래전에 나를 포기했다. 나 또한 건물을 관리하면서 골치 아프게 살고 싶은 마음은 없다. 세입자와 충돌하며 사는 일은 나에게는 벅찬 일이다. 자신 없다.

지금 우리 집에서 내 위치를 말하자면 그저 밥이나 얻어먹고 밥값으로 학교에 다녀오면 가게에서 서빙하고 청소하는 처지다. 고등학교까지야 어쩔 수 없이 다닌다 쳐도 대학교를 가면 좋고 안 가면 할 수 없는 아이로 낙인찍혔다. 안 가면 할 수 없는 게 아니라 안 가면 쓸데없는 데 돈 안 쓰고 좋은 일이라고 아빠는 말한다. 어차피 공부에는 뜻도 없는 아이, 공연히 시간 낭비 돈 낭비할 필요 없다고 말이다.

원래는 큰누나가 건물주 대기 1호, 작은누나가 건물주 대기 2호였다. 그건 내가 어렸을 때부터 불문율처럼 정해져 있었다. 그런데 요즘 흔들리고 있다. 큰누나가 건물주 대기자에서 쫓겨날 처지가 된 것이다.

큰누나는 아빠의 전부였다. 어쩌면 덜 떨어졌다는 말을 듣는 나에 대한 결핍을 큰누나에게 풀었을지 모를 일이다.

큰누나가 고등학교 다닐 때까지 나는 단 한 번도 큰누나가 잠자는 것을 보지 못했다. 언제 자는지 언제 일어나는지 신기할 정도였다. 내가 본 큰누나는 늘 공부하는 사람이었다.

큰누나는 서울대를 졸업하고 미국으로 유학을 갔는데 그 먼 남의 나라에 가서 하라는 공부는 안 하고 딴짓을 하다 2년 만에 아빠에 의해 억지로 불려왔다. 맨해튼 거리에서 스카프를 파는 남자와 만난 지 사흘 만에 룸메이트가 된 것이다. 세상은 참으로 요지경이라고 공부밖에 몰랐던 큰누나, 남자 보기를 돌같이 하던 큰누나가 어쩌다가 스카프 파는 남자에게 빠졌는지 모르겠다.

그 남자의 윗 조상을 따져보면 4개의 민족이 섞였고 대한민국이라는 나라가 지구상에 존재하는지조차 몰랐다던 남자였다. 인종과 문화 차이쯤이야 사랑으로 극복할 수 있다면서 혼자 한국으로 붙잡혀 와서도 밤낮없이 영상통화를 해대고 전화기에 대고 뽀뽀며 온갖 추태를 다 부리며 낯선 모습을 보여 가며 사람 당황스럽게 하더니 한 달 만에 그 운명이라던 사랑은 종지부를 찍었다. 그 남자에게 다른 여자가 생긴 것이다.

"아주 잘되었다. 하늘이 도운 거지. 다시 공부 시작해라. 대신 유학은 안 되고 대학원에 가라."

아빠는 큰누나가 박사 학위까지 따는 게 소원이라고 했다. 하지만 큰누나는 공부라면 할 만큼 했고 지긋지긋하다며 그 노력으로 치킨의 장인이 되겠다고 했다. 원래부터 큰누나의 꿈은 그거였단다. 초등학교 1학년 때 첫 받아쓰기에서 백점을 받았더니 아빠가 천재라고, 공부로 인생 승부할 아이라고 치켜세우는 바람에 얼떨결에 공부에 매진하여 지금의 결과를 맞은 거지 큰누나는 원래 공부에는 뜻이 없었다고 했다.

아빠는 몸져누웠었다. 치킨 장사 시키려고 그 비싼 과외에 후덜덜 떨릴 정도로 비싼 학원에 보냈겠느냐고, 서울대를 보내기 위해 얼마나 공을 들였는데 은혜를 원수로 갚으려고 한다고. 그런 딸년은 이미 딸년이 아니라며 건물주 대기자에서 제명하겠다고 했다. 큰누나는 가게에도 출입 금지령이 내려져서 온종일 집에서 빈둥거리고 있다.

잘난 큰누나에게 가려져 있던 작은누나는 요즘 아주 신이 났다. 큰누나와는 달리 고등학교 때부터 연애의 달인이며 고수였던 작은누나는 그 명성에 누를 끼치지 않으려는 듯 전문대학교를 졸업하자마자 결혼을 했다. 그것도 속전속결, 결혼식을 할 때 조카 소라가 작은누나 뱃속에서 이미 5개월을 넘기고 있었다.

결혼과 함께 전주로 간 작은누나는 향수병인지 뭔지에 걸려 살 수가 없다고 매일 엄마한테 전화해서 징징거렸다. 하루 이틀도 아니고 치킨 튀길 시간도 주지 않고 수시로 전화해서 끊을 생각도 하지 않던 작은누나에게 어느 날 엄마는 큰 실수를 했다.

"그럼 오든가."

그 말이 떨어지기 무섭게 작은누나는 아파트며 모든 것을 정리하고 바로 서울로 올라왔다. 유유상종이라고 매형은 직장을 때려치우고 따라왔다. 엄마는 백수 남편을 둔 작은누나에게 집 근처에 작은 아파트 하나를 얻어주었다. 철면피 기질의 작은누나에게도 장점은 하나 있었다. 바로 친화력에 상담력 짱이라는 거다. 작은누나는 온종일 가게에 붙어 앉아 (일은 절대 안 한다) 안주거리며 튀긴 닭다리를 오물거리며 큰누나 때문에 속 터지는 엄마 아빠의 분노를 받아주고 위로해줬다.

"아이고, 내가 우리 서진이 없었으면 어찌할 뻔했을까."

아빠는 속이 뻥 뚫릴 때마다 작은누나 손에 돈을 쥐어주곤 했다. 작은누나는 그렇게 생활비를 벌고 있었다.

아직 이른 시간인데도 가게에는 손님들이 몇 들어와 있었다.

"서일이 왔네?"

주방에서 화천이모가 내다보며 활짝 웃었다. 화천이모는 중국인인데 우리 가게에서 3년째 일하고 있다. 비자인지 뭔지 때문에 한 번씩 중국에 다녀올 때 빼고는 단 한 번도 결근을 한다거나 지각을 하는 일도 없다. 아파도 아픈 표도 안 내는 성실형 직원이다.

"빨리 밖에 자리 설치해."

구름이 이모가 얼굴을 찡그리고 말했다. 누가 이름값 안 한다고 할까 봐 허구한 날 찡그린 얼굴의 구름이 이모는 우리 가게 창립 멤버다. 우리 가게가 올해로 20주년을 맞이했으니까 20년 동안 우리 가게에서 일하며 젊은 청춘을 다 바친 거라고 볼 수 있다. 20년 동안 가게 주인은 건물을 샀는데 자신은 눈에 띄는 결과물이 없으니 인생사 얼마나 허무할까, 그 마음을 이해는 하면서도 어두침침한 얼굴 표정을 보면 나도 덩달아 기분이 우울해진다.

기막히게 파란 하늘을 바라보며 가게 밖에 탁자와 의자를 내다놨다. 야외에 내놓는 탁자와 의자는 어느 정도 도로를 점령해야 하기 때문에 날마다 옮겨야 한다.

"어이, 월드컵! 오늘도 열심히 잘하고 있군. 열심히 해. 그래야 건물과 가게를 물려받지."

마른행주로 탁자를 박박 닦고 있는데 주류를 배달하는 황 씨 아저씨가 손을 번쩍 들고 알은체했다. 눈만 마주치면 월드컵 타령이다. 나서일! 멀쩡한 이름을 두고 말이다.

"누가 가게하고 건물을 물려줘?"

그때 아래위로 까만 옷에 까만 운동화로 깔맞춤한 아빠가 나타났다. 작은 키에 동글동글한 머리, 비쩍 마른 몸집에 까만색 일색이니 그야말로 까만콩 같았다.

"아이고, 아닙니다. 월드컵이 요즘 아주 열심히 엄마 아빠를 돕는 거 같아서 말입니다. 허허허."

황 씨 아저씨가 당황해했다.

"황 씨, 그 월드컵이라는 말 좀 빼면 안 되나?"

아빠가 미간을 찡그렸다.

"아, 예, 예. 월드컵이 입에 붙어서 잘 떨어지지를 않아서요. 허허허. 조심하겠습니다."

황 씨 아저씨는 서둘러 맥주 박스를 창고로 옮겼다.

"휴, 그놈의 월드컵이 원수지."

아빠는 한숨을 쉬며 탁자 위를 손가락으로 짚었다. 잘 좀 닦으라는 뜻이다.

나는 2003년에 태어났다. 내가 태어나기 일 년 전, 우리나라에서는 그 유명한 2002 한일 월드컵이 있었다. 가끔 그때의 영상을 볼 때가 있는데 그야말로 대단했던 거 같다. 거리는 붉은색으로 물들었고 대형 스크린 앞에는 수많은 사람들이 몰려들어 한마음 한뜻으로 대한민국!을 외치고 손바닥이 부르트도록 짝짝짝! 박수를 쳤다. 서로 모르는 사람들끼리 얼싸안는 것쯤이야 예사로 여겼으며 우리 모두는 같은 피가 흐르는 뜨거운 민족이라는 것을 3·1 운동 이후로 다시 확인하는 때였다고 했다.

그때 아빠는 최고로 큰 화면과 스피커가 빵빵한 텔레비전을 가게에 설치했고 대한민국이 골을 넣는 순간부터 한 시간은 치킨 값이 무료라는 이벤트까지 했다고 한다. 그렇지 않아도 목이 좋아 손님들이 넘쳐나는 가게였지만 월드컵 동안에는 돈을 긁어 쌀 포대에 넣는 정도였고 2002 월드컵은 건물을 사는 데 크게 일조했다고 한다.

엄마 아빠도 그때 손님들과 얼싸안고 감격의 눈물을 흘리는 것에서 끝났어야 했다. 축구 경기 응원은 축구 경기 응원에서 끝내야 했다는 말이다.

그날이었단다.

대한민국이 사상 최초로 월드컵 4강에 진출하던 바로 그날.

2002년 6월 22일 광주 월드컵 경기장에서 열린 FIFA 랭킹 8위인 스페인과의 역사적인 8강전이 열리던 바로 그날, 나, 나서일의 인생은 시작되었다.

스페인과의 피 튀기는 8강전은 전후반 양 팀 득점 없이 0:0, 연장전에서도 0:0으로 마무리되었고 승부차기에 돌입했다. 그리고 우리나라가 5:3으로 이기면서 4강 신화를 이뤄낸 것이다.

구름이 이모 말에 의하면 그날, 4강이 확정되는 순간, 함성으로 적어도 진도 6 정도의 흔들림이 느껴졌다고 한다. 사람들은 밤새 붉은옷을 입고 거리를 돌아다녔고 나라는 축제의 장이 되었다고 한다. 그 벅찬 감격의 날, 엄마 아빠는 나를 만들었다.

그날, 엄마 아빠의 감정이 너무 격한 탓이었을까. 나는 가만히 있지 못하는 산만한 성격을 가진 아이로 태어났다. 의자에 가만히 앉아 있는 것은 가장 힘든 일이었고 책 한 권을 다 읽는다는 것은 엄청난 인내를 해야만 가능했다. 공부 머리는 애초부터 존재하지 않아서 남들은 유치원 때 다 떼는 한글이나 숫자를 과외 선생님까지 동원해서 초등학교 2학년이 되어서야 겨우 더듬더듬 읽을 수 있게 되었다. 공부를 못하고 산만하면 깡이라도 있든지. 나는 그도 아니었다. 여덟 살이 되는 해에 몸이 아파서 초등학교도 한 해 늦게 들어갔는데 동급생보다 한 살 더 많음에도 불구하고 초등학교를 졸업할 때까지 허구한 날 울고 다녔고 중학교에 입학하고 나서는 주구장창 맞고 다니며 힘깨나 쓰는 놈들의 심부름을 해주고 다녔다.

학원을 보내도 사흘을 견디지 못하고, 과외를 시키면 과외 선생님이 조용히 과외비를 돌려주고 돌아가기가 일쑤였다. 월드컵 신화로 인해 만들어졌으니 축구에 숨어 있는 소질이 있을지도 모른다고 여겨 축구를 시켜보려고 했지만 그것도 아니었다. 어느 날부터인가 아빠는 나를 포기했다.

공부와 인연이 없는 놈, 일하는 거라도 일찍 배우라며 가게로 불러낸 것은 엄마였다.

"하나밖에 없는 아들인데 뭐든 가르쳐야지. 아들을 내팽개쳐둘 거야?"

엄마는 이렇게 말했다가 강아지도 안 물어갈 남아선호사상에 쩔었다면서 아빠에게 욕을 한 바가지 얻어먹었다. 아들딸이 뭔 상관이냐고, 잘났으면 잘난 대로 살고 못나면 못난 대로 생을 사는 게 제 몫이라고 말이다.

여하튼 그렇게 나는 학교를 마치면 가게에 나가 청소를 하고 서빙도 한다. 아빠는 혹시라도 내가 잊을까 봐 가끔 한 번씩 확인 사살을 한다. 너한테 가게 물려줄 생각은 추호도 없다, 이게 어떻게 이룬 가게인데, 백 년이고 이백 년이고 대를 이을 똑똑한 아이한테 물려주어야지 능력 없는 인간, 아가리에 처넣을 수는 없지.

나는 그런 아이다.

내가 영준이를 만난 것은 중학교 2학년 말이었다. 영준이가 우리 반으로 전학을 왔는데 영준이를 만나면서 내 생활이 조금씩 달라졌다.

영준이는 나를 인정해주는 최초의 사람이었다. 생각하는 뇌를 가지고 있으며 말을 할 줄 알고 불과 도구를 사용할 줄 아는 인간! 그 인간 중에 최초로 나를 인정한 영준이. 처음에는 영준이도 나를 이용해 먹으려고 잘해주는 척하는 거라고 믿었었다. 시키는 일을 하지 않으면 괴롭힐 거라고 생각해서 시키는 대로 했었다. 하지만 영준이는 다른 아이와 달랐다. 시키는 일만 하면 그만큼의 대가를, 아니 그보다 훨씬 큰 대가를 주었다.

영준이는 내 가림막이 되었고 그늘막이 되어주었다. 그리고 내 스스로도 찾지 못했던, 엄마 아빠조차도 알아보지 못했던 나의 소질과 장점을 찾아내주었고 칭찬해주었고 나날이 발전할 수 있도록 해주었다. 나는 내가 표정 하나 변하지 않고 거짓말을 완벽하게 잘 해내는 아이인 줄 꿈에도 몰랐다.

그렇다고 해서 영준이가 앞에서 대놓고 나를 보호해주는 것은 아니었다. 보이지 않는 곳에서 누구도 모르게 내 억울함과 분노를 처리해주었다. 은밀하고 영리하게. 영준이와 나, 그리고 영준이를 그림자처럼 따라다니는 기승이와 준이, 이렇게 넷은 단톡방을 만들었고 주로 그곳에서 소통한다. 영준이가 가끔 전화를 하고 늦은 밤 가게 근처로 찾아오기도 하지만 그건 하나의 사건이 끝났을 때의 일이다.

2

주룩주룩 비가 내리기 시작한 것은 저녁 아홉 시가 다 되어갈 때였다. 홀 안은 이미 만석이었기 때문에 야외 손님들은 한창 무르익는 분위기를 접고 돌아가야 했다.

"아. 진짜 돈 벌어서 뭐해? 천막이라도 쳐요, 이 동네 돈은 다 긁으면서 천막 칠 돈도 없어? 근처 치킨집이 다 망해나가도 이 집은 20년을 한결같이 돈 벌잖아."

"건물 한 열 개 정도 샀을 걸? 치킨 맛은 그저 그런데 참 이상도 하지. 그렇다고 해서 서비스가 죽이는 것도 아니잖아. 천막도 안 치고 손님 비 맞게 하는데 서비스는 무슨."

돌아가기 아쉬운지 야외 손님들의 불만이 터졌다.

"아이고, 손님. 내일 당장 천막을 치도록 하겠습니다. 손님은 왕인데 이런 식으로 대접한다는 것은 말도 안 되는 일이지요, 허허허."

아빠는 목을 젖히고 웃으며 손님들 비위를 맞췄다. 천막을 친다는 것은 순 거짓말이다. 천막, 못 친다. 예전에 손님들 성화에 한 번 천막을 친 적이 있는데 누가 신고를 했는지 구청에서 당장 달려왔다.

비를 쫄딱 맞으며 탁자와 의자를 정리하고 있을 때 영준이에게 문자가 왔다. 편의점 앞에 있다고 했다. 나는 치킨 한 봉지를 싸들고 영준이에게 갔다.

"잘했으니까 걱정하지 마."

나는 영준이가 확인차 왔다는 것을 알고 있다.

"그래, 수고했다. 이런 거는 안 줘도 돼. 하지만 네 성의를 생각해서 가져갈게."

영준이는 치킨 봉지를 가슴에 안았다. 빨간 우산이 편의점 불빛에 반사되어 영준이 얼굴이 벌겋게 보였다. 그래서 그런지 작은 얼굴에 꽉 찬 이목구비가 더 또렷해 보였다.

"간다."

영준이는 점퍼 깃을 올리며 발로 땅을 두어 번 툭툭 찼다. 새하얀 운동화에서 빗물이 후드득 떨어졌다. 어둠 속이지만 운동화의 자태는 그야말로 최고였다. 저 운동화 명품이지, 점퍼도 명품일 걸. 아마, 바지도 그럴 거다. 기승이가 그랬다. 영준이가 입는 것, 신는 것, 가지고 다니는 것, 모두가 명품이라고.

영준이가 돌아가고 난 후에도 나는 한참 동안 제자리에 서 있었다.

'왜 그러는 걸까?'

영준이가 내민 손을 추호의 망설임도 없이 덥석 잡던 날부터 들었던 의문이었다.

모든 것을 다 가진 아이, 부족함이라고는 전혀 엿볼 수 없는 아이, 거기에다 영준이는 성적도 상위권이었다.

나는 고개를 저었다. 알려고 하지 말자, 궁금해하지 말고 영준이가 시키는 대로만 하자.

빗줄기는 점점 더 거세졌다. 가게에 들르지 않고 곧장 집으로 돌아왔다. 비가 이렇게 내리면 새로운 손님은 더 이상 들어오지 않을 거다. 홀이 한가해지면 서빙은 아빠 혼자 충분하다. 가끔 가까운 곳에 들어오는 배달도 서빙하면서 가능하다. 물론 아빠가 돕는 것을 짱구 형이 지독하게 싫어하기는 하지만 말이다.

짱구 형은 보육원에서 자랐다. 고등학교를 졸업하고 독립을 하게 되었을 때 대학교 대신 일을 선택했고 우리 가게에 왔다. 짱구 형은 돈을 모아 자신의 가게 하나 내는 게 꿈이라고 했다. 짱구 형은 누가 성질만 돋우지 않으면 대기업에서도 탐낼 만한 직원이다. 혼자 세 명 몫까지도 너끈히 해내는 부지런함과 성실함 그리고 반짝이는 아이디어로 무장했다. 우리 가게에서 인기리에 팔리고 있는 뚱집양념바비큐도 짱구 형 아이디어로 개발했다.

짱구 형은 아빠를 싫어했다. 첫째는 잔소리가 많다고 했다. 오죽하면 도와주는 것도 싫으니 차라리 혼자 일을 다 하겠다고 할까. 두 번째는 양심이 없다고 했다. 뚱집양념바비큐를 개발

해서 인기 절정이고 그 덕에 돈을 벌면 개발비라든가 이런 거를 나눠줘야 할 텐데 혼자 다 먹는다고 말이다. 짱구 형은 자기가 우리 가게를 그만두는 날이 온다면 그건 다 아빠 탓이라고 이미 못 박아 놨다.

아빠한테는 그런 짱구 형이지만 나에게는 다르다. 친절하다. 나도 짱구 형이 좋다.

"그걸 아빠가 어떻게 알아?"

현관문을 열려는 찰나 날카로운 큰누나 목소리가 집 안에서 터져 나왔다. 아빠가 돌아온 모양이었다. 아차! 가게로 갔어야 했다. 아빠도 비가 내리니까 나를 믿고 집에 온 모양이었다. 이러면 짱구 형이 바쁘다.

도로 가게로 갈까, 생각하다가 젖은 운동화가 찜찜해서 눈 질끈 감고 현관문을 열었다. 집안 공기는 그야말로 터지기 직전의 풍선처럼 팽팽했다. 아빠는 특유의 비아냥거리는 눈동자로 큰누나를 삐딱하게 쳐다보고 있었고 큰누나는 분에 못 이겨 얼굴이 벌겋게 달아올라 있었다.

"왜 몰라? 네가 미국 맨해튼 거리에서 스카프 파는 놈에게 빠지고 그놈한테 차이는 꼴을 보면서 뼈저리게 너의 본모습을 알게 되었지."

"여기서 그 얘기가 왜 나와?"

"나는 너만 보면 그 생각밖에 안 나고 내 입이 저절로 그 얘기를 하는데 난들 어쩌냐? 내가 미쳤었지. 일찌감치 정신 차리고 네 밑으로 들어갈 돈 아껴서 건물이나 하나 더 사놓을 걸. 자식들이 뭔 필요가 있어? 건물이 최고지. 아이고 제 말하는 줄 알고 저기 한 놈 또 왔네. 너는 어디 갔었어? 잠깐 나갔으면 가게로 바로 가야지 왜 집으로 와? 아이고 내 팔자야."

아빠가 나를 발견하고 한숨을 내쉬었다.

"아빠. 무조건 뭐라고 하지만 말고 내 말 잘 들어봐. 내가 경영학 전공이잖아. 우리 가게 저런 식으로 가면 몇 년 안에 문 닫을 수밖에 없어."

"악담을 해라."

"그게 시장원리야. 생각해 봐. 우리 가게가 있는 그 건물, 무지하게 낡았어. 그리고 야외에 탁자 하나 내놓으려면 온갖 눈치 다 봐야 해. 홀도 너무 좁아. 메뉴 개발도 해야 해. 우리 치킨 봐봐, 바삭한 맛이라고는 하나도 없고 질퍽질퍽해. 내가 우리 가게 한번 보란 듯 키워볼게. 진짜 내 적성에 딱 맞을 거 같아."

"가게가 크다고, 건물이 좋다고 장사가 다 잘되는 줄 알아? 그러면 진즉 우리 건물로 옮겼지. 왜 비싼 월세 주면서 거기에 있겠니? 장사라는 게 운빨이 90퍼센트야. 운빨이 뭐냐, 나와 맞는 장소, 그게 중요하다는 거지. 나와 가게 자리가 찰떡궁합이기 때문에 자영업자들이 픽픽 넘어가는 세상에 나는 굳건히 지키고 있는 거야. 뭘 알고 말해. 시장원리 같은 소리하고 자빠졌네. 질퍽질퍽 좋아하네. 세상사람 입맛이 다 네 입맛과 같은 줄 알아? 그리고 너는 가게 일에 절대 신경 쓰지 말라고 했지. 사람이 말대로 된다고 초등학교 때부터 세상에서 가장 치킨 잘 튀기는 사람이 되는 게 꿈이라고 지랄하더니 결국 요 꼬라지가 되었네. 가게에 발 디디고 싶으면 너한테 들어간 돈 한푼도 틀림없이 다 가지고 와. 아이고, 속 터져."

아빠는 가슴을 퍽퍽 쳤다. 신 의원에게도 쪽팔리고 강 사장을 피해 다니기 힘들어 죽겠다는 말도 했다.

신 의원은 시 의원인데 예전부터 아빠와 친분이 두터웠다. 요즘에는 발길이 뜸한데 한때는 거의 매일 가게에 왔었고 어떤 날은 두서너 번 오는 날도 있었다.

신 의원은 큰누나를 며느리 삼았으면 좋겠다는 말을 수시로 했고 그럴 때마다 아빠는 우리 딸은 미국에서 박사 공부하고 국내 대학에서 교수될 때까지 결혼 생각은 없는 아이라고 못 박았었다. 아빠 말에 의하면 신 의원은 집안이며 가진 돈이며 뭐든 합격인데 아들이 변변찮아서 큰누나와는 어울리지 않는다고 했다. 물론 큰누나도 그때까지만 해도 남자에게는 관심조차 없었다. 대학교를 졸업할 때까지 남자친구 한 번 사귀어 보지 않은 그야말로 이해불가한 사람이었다. 그런데 지금은 역전! 후진 대학교를 나와 중소기업에도 못 들어가고 빌빌거린다던 신 의원의 아들이 심기일전하고 신들린 듯 공부하더니 턱하니 행정고시에 합격을 했다는 거다. 행정고시 합격자 발표일이 누나가 아빠에게 잡혀 귀국하던 바로 그날이었다.

강 사장은 지하철 상가에서 신발 장사를 하는 사람이다. 강 사장 딸은 큰누나와 중학교 고등학교를 같이 다녔는데 무슨 악연인지 큰누나와 6년 내내 같은 반이었다. 강 사장 딸은 큰누나 때문에 일등 한 번 해보지 못하고 고등학교를 졸업했고 큰누나와 나란히 서울대학교에 지원했으나 떨어져서 재수를 했다. 그때 아빠는 어깨를 한껏 올리고 강 사장을 약 올리며 다녔다. 아빠 딴에는 위로하는 거라고 했지만 그건 누가 봐도 약 올리는 거였다.

"너는 그냥 집에서 꼼짝 말고 있어. 아니면 대학원에 가고 박사까지 공부한다면 내가 밖으로 나가는 거 생각 좀 해보마. 그럴 생각 없지? 그러면 찍소리 말고 있어. 그런데 그게 어디 있지? 가게에도 없던데. 자식들이 혼을 빼놓으니 정신도 없네."

아빠는 안방으로 들어가 문을 부서져라 닫았다. 뭔가 찾으러 집에 온 거 같았다. 닫힌 문은 금세 다시 열렸다.

"하여간 미운 짓만 골라한다고 이건 왜 데리고 와서 성가시게 굴어? 그리고 너 강아지놈 이름 좀 안 바꿀래?"

아빠 손에서 털북숭이 하나가 툭 떨어졌다. 닐드였다. 닐드는 벌떡 일어나 후르르 몸을 털었다.

"닐드 이리 와. 안방에 들어가지 말라니까 왜 안방에 들어가서 욕을 먹어?"

큰누나가 두 팔을 벌렸다. 닐드가 큰누나 품으로 쪼르르 달려가 안겼다. 닐드는 큰누나가 미국에서 그 남자와 키우던 개다. 그 남자 이름을 따서 닐드라고 이름을 지었다고 한다. 품종이 뭔지 잘 모르겠다. 흰 털이 복슬복슬 올라오는 거나 생김새를 보면 비숑 같기도 한데 비숑치고는 덩치가 작아도 너무 작았다. 그렇다고 푸들은 아니다. 어떻게 보면 말티즈 피가 섞인 거 같기도 하고 침을 질질 흘리고 다니는 걸 보면 퍼그나 불도그 유전자도 섞여 있는 듯했다. 네 개 민족의 피가 섞인 그 남자처럼 개 또한 그런 거 같았다. 아빠는 닐드를 미국에 버리고 오라고 했지만 큰누나가 닐드를 데리고 가지 못하게 하면 귀국하지 않을 거라고 하는 바람에 엄청나게 까다로운 절차를 거쳐 닐드는 큰누나를 따라온 거다. 그런데 닐드는 영어만 알아듣는 건지 아니면 사람 차별을 하는 건지 아빠가 하는 말은 턱을 치켜들고 들은 체도 안 한다. 그래서 더 미움을 받는다.

아빠는 곧 가게로 나갔다.

비는 하염없이 내리고 집안 공기 또한 눅눅해서 일찌감치 잠이나 자려고 누웠지만 새벽에 자는 습관이 되어서 잠도 오지 않았다. 뒤척이고 있는데 단톡방에 기승이가 나타났다.

–완료.

–잘 처리한 거지?

영준이다.

– 걱정 마.

– 서일이는?

준이 등장이다.

– 완벽해.

영준이가 내 대신 대답했다.

나는 휴대폰을 머리맡으로 던졌다. 수경이의 물빛 어린 눈이 떠올랐다.

'말도 못하게 억울할 텐데.'

나는 이 생각을 하다 얼른 고개를 저었다. 이런 생각이 드는 자체가 두려웠다.

하필이면 그날 그 시간에 그 쇼핑센터에 나타난 것이 잘못이었다. 영준이 눈에 띈 것이 실수라면 실수였다.

어제 오후였다. 가게에 막 도착할 때 단톡방이 울렸다. 영준이가 사거리 영화관 일층 쇼핑센터 앞으로 오라고 했다. 그리고 해야 할 일을 개인 톡으로 알려주었다.

내가 쇼핑센터 앞에 도착했을 때 안에서 영준이가 바람처럼 빠져나와 옆을 지나가며 내 손에 뭔가를 쥐어주었다. 나는 얼른 그것을 주머니에 넣었다.

나는 쇼핑센터 입구에서 누군가를 기다리는 척, 가끔씩 휴대폰을 힐끔거리기도 하고 한 번씩 쇼핑센터로 들어가 안을 둘러보기도 했다. 철저히 영준이의 계획대로 움직인 거였다. 물론 그 시간, 쇼핑센터 안에는 수경이가 있었다. 도담이와 함께 팔짱을 끼고 여기저기 구경하고 있는 수경이 모습은 그야말로 평화로웠다. 쇼핑센터 안은 평일임에도 불구하고 사람들이 북적였다. 지우개 데이인지 뭔지 가격을 확 지워버리는 파격 세일을 하는 탓 같았다. 수경이와 도담이가 쇼핑센터 입구로 향하는 바로 그 순간, 나는 보석을 파는 집으로 가서 목걸이를 내밀었다. 영준이가 쥐어주고 간 거다.

"이게 저기에 떨어져 있네요."

나는 점원에게 목걸이를 내밀었고 점원은 한순간 당황해서 목걸이를 받아 쥐더니 원래 목걸이가 있던 자리를 훑어봤다.

"어떻게 해, 똑같은 게 세 개가 있었는데 없어졌어."

나는 점원 말에 무심한 표정으로 수경이와 도담이의 뒷모습을 바라봤다. 그때 점원의 눈이 번쩍 빛났다.

"학생, 잠깐만."

점원이 달려가 수경이와 도담이를 잡았다.

"좀 전에 학생들이 한참 동안 목걸이 구경했지? 잠시만 봐도 돼?"

점원은 수경이 점퍼 주머니를 뒤졌고 그렇게 수경이 점퍼 주머니에서 목걸이 하나가 발견되었다.

수경이는 펄펄 뛰었지만 주머니 속에서 나온 목걸이가 명백

한 증거였다. 결국은 CCTV까지 확인하게 되었는데 완벽한 영준이가 절대 실수를 할 리 없었다. 내가 직접 CCTV는 보지 않았지만 수경이와 도담이가 보석을 구경할 때 빠르고 신속하게 일을 해치웠을 거다. CCTV의 사각지대를 찾아내는 것쯤이야 영준이에겐 쉬운 일이었을 거다. 사람들이 가려주는 그 찰나를 놓치지 않았을 거다.

CCTV 확인 결과 수경이가 목걸이를 목에 걸어보고 몇 번이나 매만지는 모습이 고스란히 드러났다. 그리고 어느 순간은 CCTV가 다른 사람에게 가려졌다고 했다. 바로 그 순간이 영준이가 움직인 시간이다. 목걸이를 몰래 집어 수경이 주머니에 넣는 일.

"서일이 네가 봤어? 내가 훔치는 거 봤느냐고?"

수경이는 따졌다.

"나는 훔치는 거 봤다고 한 적 없는데. 못 믿겠으면 직원한테 물어봐."

미리 준비하고 있던 말을 하면서도 나는 물빛이 일렁이는 수경이 눈을 차마 마주보지 못했다.

보석가게 측에서는 사라진 하나의 목걸이도 수경이가 가져간 거라고 뒤집어씌우려고 했지만 그 또한 증거가 없었다. 그날 수경이는 온몸을 검사당해야 했다. 수경이는 울었다. 그 기분이 어떠했을까? 궁금했지만 궁금해하지 않기로 했다. 내가 울 때, 내가 억울할 때, 내가 숨조차 쉬지 못할 때, 누구도 알은

체해주는 사람은 없었다. 결국은 자기 몫이다. 그렇게 생각하자 마음이 편해졌다.

나머지 목걸이 하나는 기승이에게로 갔을 거다. 영준이는 그렇게 훔친 물건을 기승이에게 준다. 기승이가 중고 시장에 내다 팔든 어쩌든 들키지만 않게 처리해주면 영준이는 상관하지 않는다. 물건을 처분한 돈을 달라는 소리도 절대 하지 않는다. 기승이는 그렇게 용돈을 벌고 영준이에게 충성을 다한다. 그게 영준이와 기승이의 거래다. 맞고 다니지 않게 해주는 대신 영준이의 부탁을 들어주는 게 나와 영준이의 거래이듯 말이다. 준이와 영준이의 거래는 어떤 거래인지 아직 모르겠다.

수경이의 목걸이 사건은 영준이와 나의 두 번째 거래였다.

3

월요일, 수경이가 결석을 했다.

드문드문 아이들이 수군거리는 말에 의하면 수경이와 도담이가 경찰서에 다녀왔다고 했다. 아이들은 도담이가 무슨 말이라도 하길 기다리는 눈치였다. 하지만 도담이는 아무 말도 하지 않았다.

나는 도담이 앞에서 당당하려고 애썼다. 영준이가 그랬다. 허점을 보이지 말라고. 허점을 보이는 순간 상대는 그걸 놓치지 않게 되어 있고 하나의 허점을 잡혀 시달리다 보면 결국은 스스로 허물어진다고. 그건 단추를 채우는 일과 같다고 했다. 첫 단추 하나를 어떻게 채우느냐에 따라 나머지 단추의 위치도 결정된다는 거다. 첫 번째 단추가 잘못 채워지면 나머지 단추도 다 잘못 채워진다는 말이다.

나와 영준이의 첫 번째 사건 피해자는 2학년 오미진이었다.

관심이 없어서 몰랐는데 알고 보니 오미진은 아이돌 연습생이었다. 아이돌! 이러니까 엄청 있어 보이고 유명한 것 같지만 아니었다. 그늘 후미진 곳에서 하늘 높이 날아오르는 그날을 학수고대하는 아이돌 연습생은 우리나라에 수두룩했다. 그 중에서 날아오르는 사람은 극소수라고 했다. 영준이가 그러는데 목숨을 걸고 꿈을 위해 자신의 모든 것을 걸고 연습생 생활을 하는 아이들도 있지만 허세만 잔뜩 들어 아이돌입네, 이러고 잘난 척하려는 아이들도 많다고 했다.

툭하면 나를 때리고 못살게 굴던 피환희를 은밀히 불러내 흠씬 두들겨 패주고 난 영준이가 '이번에는 네가 나를 도와주어야 해' 이러면서 오미진 얘기를 꺼냈을 때 나는 잠깐 영혼이 빠져나간 듯 멍하니 있었다. 내가 여태 생각해보지도 못했던, 인터넷에서나 봤던 그런 이야기를 영준이는 너무도 태연하게 하고 있었다.

"그, 그, 그게 뭐야?"

나는 한참 후에야 영준이에게 물었다. 놀란 탓에 숨이 일정하게 쉬어지지 않아 말까지 심하게 더듬었었다. 영준이가 말한 단어의 뜻을 몰라서 물었던 거는 아니다. 그걸 왜 해야 하는지, 해도 되는 일인지 알 수가 없었다. 충격적이었다.

"원조 교제라는 말을 몰라? 순진한 거야?"

영준이가 물었다.

"무, 무, 무슨 말인지 아, 알긴 알지만……."

"시키는 대로 해."

그때 영준이 목소리를 들으며 아, 목소리도 저렇게 닭가슴살처럼 퍽퍽할 수 있구나. 물기 하나 없이 건조할 수 있구나. 느꼈었다. 자신의 감정을 최대한 절제하고 잘라내고, 깎아버리고, 그러고 난 후에 나오는 목소리. 단추를 단단히 채우고 바람 하나 들어가지 않을 정도로 꽁꽁 싸맨 옷을 입고 있는 듯한 목소리. 이상하게도 영준이의 닭가슴살 같은 목소리를 듣는 순간 용기가 생겼다. 습도가 없는 곳에서는 곰팡이가 슬지 않는다! 영준이를 믿으면 곤란한 일 같은 것은 생기지 않을 것 같았다. 나는 영준이가 시키는 대로 오미진을 원조 교제하는 아이로 만들었다.

그건 그렇게 어려운 일이 아니었다.

초등학교 시절부터 쭉 울보에다, 사회성 떨어지고, 공부 못하고, 세상을 왜 사나 싶을 정도로 바보스럽기는 하나 아이들은 한편으로는 나를 짠하게 생각하고 착한 놈으로 생각하기도 했다. 맞아도 이르지 않고 묵묵히 견디는 미련스러움을 착하다고 했다. 맞으면서도 달려들지 못하고 선생님이 물어보면 때린 놈을 변호했던 것은 오로지 뒤탈이 무서워서 그랬던 거다. 내 가슴 깊은 곳에 분노의 폭탄을 끌어안고 있는 것을 다들 몰랐다. 하긴 나도 몰랐으니까.

수업 시간에 내가 선생님 질문에 대답을 못하고 어물거리고 있으면

"서일이 착한데 한 번 봐주지요."

아이들은 장난 반 진심 반으로 이렇게 내 편을 들어주기도 했다. 나는 그걸 이용했다.

오미진이 늙은 남자와 손을 꼭 잡고 은밀한 장소로 들어가는 걸 봤다는 내 말은 순식간에 학교 전체에 퍼졌다. 거짓말은 사실인 것처럼 확대되었다. 보도 듣도 못하고 내가 만들어낸 늙은 남자라는 인물은 졸지에 유명 기획사 대표이니, 전무이니, 텔레비전에 가끔 나오느니, 어쩌느니 하면서 실제 인물로 만들어졌다. 은밀한 장소로 들어가는 것만 봤다고 했을 뿐인데 아주 비싼 수입 자동차에 오미진이 타는 걸 봤다는 말도 같이 나돌았다.

소문은 SNS 물결을 타고 멀리멀리 퍼져나갔다. 오미진의 기획사와 오미진 엄마 아빠가 나서서 오미진의 결백을 주장했고 결국 증거도 없는 헛소문이라는 결론이 내려졌지만 오미진을 바라보는 아이들 시선은 여전히 곱지 않았다.

결국 오미진은 아이돌이고 뭐고 다 때려치웠다. 일이 그렇게 마무리되면서, 나에게 누구도 질문하지 않았다. 네가 정말 봤느냐고. 아니, 내가 학교 앞 편의점에서 주스를 사면서 알바생에게 슬쩍 흘린 말이라는 것조차도 모두들 모르는 거 같았다. 나중에 일이 확대되었을 때 편의점에 갔었는데 알바생이 나를 보고 아무런 말도 하지 않는 거로 봐서 내가 그 말을 했다는 걸 기억하지 못하고 있는 거 같았다.

수경이 일은 어떻게 처리될까. 영준이 말로는 경찰서에서는

CCTV를 좀더 정확하게 분석했을 테고 그럼 증거 불충분이 될 가능성이 크다고 했다. 목걸이를 주머니에 집어넣는 영상이 없으니까 말이다. 그 말을 하며 영준이는 피식 웃었다.

"나는 그저 혼내줄 뿐이야. 정신 차리게."

영준이가 말했다. 나는 영준이 말이 무슨 뜻인지 이해할 수 없었다.

"서일이 너, 내가 쇼핑센터에서 수경이를 우연히 봤다고 생각해? 내 사전에 우연이라는 말은 없어."

우연이 아니면 계획적이라는 말이다. 그럼 왜 영준이는 수경이를 곤경에 빠뜨렸던 걸까. 이유가 뭘까.

"몰라도 돼."

영준이는 더는 말하지 않았다. 오미진 때도 영준이는 그렇게 말했었다.

수업이 끝나고 교문을 나설 때 단톡방이 울렸다.

–서일이네 가게 똥집양념바비큐 누가 후기 올렸더라. 되게 맛있대.

준이었다.

–나도 봤음.

기승이가 답했다.

–영준아. 갈래?

기승이가 물었다.

–아니.
–먹고 싶은데. 준아, 우리 둘이 갈까?
–그래, 기승이하고 준이 니들 둘이 가, 조심하고.

영준이가 말하는 조심이라는 게 무슨 말인지 알 수 있었다. 입조심 하라는 말이다.

나는 기승이와 준이가 우리 가게에 온다는 게 달갑지 않았다. 하지만 오지 말라고 말할 수가 없었다. 기승이와 준이는 학원이 끝나고 나서 온다고 했다.

기승이와 준이는 여덟 시 조금 넘어서 왔다. 둘은 야외자리에 앉았다. 학교에서 매일 보고 단톡방에서도 자주 만나는 사이이긴 하지만 어색했다. 나는 말없이 물과 컵을 탁자 위에 내려놓았다.

"똥집양념바비큐 줘라. 오 인분."

기승이가 메뉴판을 보지도 않고 말했다. 돈은 있을까? 일인분에 만 오천 원이니까 오 인분이면 칠만 오천 원인데.

"서비스는 뭐 주냐?"

준이가 물었다.

"샐러드, 달걀찜, 닭껍질 튀김."

"이야, 서비스 존나 많이 주네. 그래서 장사가 잘되나 보다. 가게가 이렇게 후졌는데도."

준이가 운동화 앞축으로 탁자 다리를 툭툭 쳤다.

"이왕 시키는 거 한꺼번에 더 많이 시키자. 중간에 틈이 생기면 입맛 떨어지거든. 육 인분 줘라."

둘이 육 인분을 과연 먹을 수 있을까, 의문이 들었다. 하지만 물어보지 않았다.

육 인분도 기승이와 준이에게는 너무나 적은 양이었다. 기승이와 준이는 똥집양념바비큐 육 인분을 게 눈 감추듯 해치웠다. 그러고는 일 인분을 더 먹을까, 여기에서 멈출까 의논하고 있었다.

"입가심으로 프라이드치킨 한 마리 먹자."

기승이와 준이는 디저트로 프라이드치킨 한 마리를 시켜 눈 깜짝할 사이에 해치웠다. 기름기가 묻은 손가락을 쪽쪽 빨며 일어난 기승이와 준이는 서로 눈치만 봤다.

"네가 내야지."

준이가 기승이에게 말했다.

"왜?"

"완료했다고 했잖아?"

"완료 후 바로 다 썼는데?"

"아이씨. 그럼 왜 여기 오자고 해?"

"후기 말은 네가 먼저 했잖아. 돈 있는 줄 알았지."

"할 수 없지 뭐. 내일 주지 뭐."

기승이와 준이는 지들끼리 결론을 내렸다.

우리 가게는 20년 내려오면서 변하지 않는 굳건한 철칙이 있다. 그 철칙은 단 한 번도 무너진 일이 없다. 바로 외상 사절이라는 거다. 백 마리를 시켜 먹는다고 해도 외상이면 팔지 않았다. 아빠가 그랬다. 외상이라는 것이 괴물과 같아서 사람의 의지를 흐트러트리기 딱 좋다고 말이다. 처음에는 진짜 갚을 생각으로 외상을 하지만 다음 날 갚으려고 보면 꼭 생돈이 나가는 기분이 들고 그래서 차일피일 미루게 되며 결국은 갚지 않는 일이 생긴다는 거다. 결국 돈도 잃고 사람도 잃는 것이 바로 외상 거래라고 했다.

"뭐야? 내일 줘?"

예상대로 아빠는 펄쩍 뛰었다.

"머리에 피도 안 마른 놈들이 돈도 없으면서 치킨을 처먹어? 그것도 똥집 육 인분에 닭 한 마리까지 처먹어? 그 따위 못된 버릇 어디서 배웠어? 학교에서 배웠냐? 이놈의 새끼들아."

"왜 욕을 하고 그러세요? 저희들은 서일이 친구……."

"친구?"

아빠가 기승이 말을 싹둑 잘랐다.

"이놈의 새끼야. 누가 저런 친구들 사귀고 다니라고 했어?"

아빠 주먹이 내 뒤통수로 날아왔다. 눈앞에서 불똥이 튀었다.

아빠는 기승이와 준이에게 당장 집에 전화해서 엄마든 아빠든 치킨 값을 갖고 오라고 난리였다. 몸집이 작고 깡마른 아빠지만 탄탄해 보이는 몸이며 단단해 보이는 주먹은 결코 만만해 보이지 않았다. 역시 왕년에 국가대표 유도선수의 기질과 근육은 시간이 많이 지났음에도 녹슬지 않았다.

기승이와 준이가 잔뜩 주눅 들어 전화한 곳은 영준이었다. 영준이는 곧 치킨 값을 가지고 온다고 했다.

"싸가지 없는 놈의 새끼들."

"아빠, 욕하지 마요."

나는 기승이와 준이 눈치를 보며 아빠 옆구리를 찔렀다.

"싸가지 없는 놈들한테 싸가지 없다고 하는 게 욕이냐? 그러면 아이고, 아주 잘 하시는 짓들입니다, 맨날 외상 처먹고 다니세요, 이러랴? 잘못한 놈들한테 잘못했다고 알려주는 거는 고마운 일이야, 이 새끼야. 그게 어른들이 할 일이야. 알았어?"

아빠는 내 자식이든 남의 자식이든 잘못을 해도 못 본 척해주니 나라 꼴이 이 모양 이 꼴이라며 나라 걱정까지 했다. 겨우 닭똥집 갖고 무슨 나라 꼴까지 걱정하느냐고 기승이가 무심결에 중얼거리는 바람에 아빠 잔소리는 영준이가 올 때까지 이어졌다.

얼마 후 영준이가 돈을 가지고 나타났을 때 여태 욕을 퍼부었던 것이 조금은 미안했던지 아빠는 서비스로 닭껍질 튀김을 줄 테니 먹고 가라고 영준이를 잡았다. 괜찮다고, 배고프지 않다고, 그냥 가겠다고 사양을 해도 아빠는 막무가내였다. 어른이 주면 고맙습니다, 이러고 먹는 게 예의라면서 말이다.

"그런데 너를 어디서 본 듯한데 어디서 봤더라?"

아빠는 영준이를 보며 고개를 갸웃거렸다.

"저는 처음 뵙는데요?"

"그래? 아무튼 그놈 참, 대견하네. 친구들이 곤란에 처할 때 발 벗고 나서주기도 하고. 아주 인물도 훤하다."

아빠는 활짝 웃으며 고개를 끄덕였다.

영준이와 기승이 그리고 준이가 야외 테이블에 빙 둘러앉아 닭껍질 튀김을 먹고 있을 때 큰누나가 나타났다. 큰누나는 배짱도 두둑하게 가게 안으로 곧장 들어갔다. 처음에는 놀란 듯 쳐다보던 아빠 얼굴이 점점 험상궂게 변해갔다.

"가게 출입 금지인데 왜 여길 와?"

"내가 생각해낸 메뉴가 있는데 한번 해봐."

큰누나가 종이 한 장을 아빠에게 내밀었다.

"됐고."

아빠가 손사래를 쳤다.

"자신 있다니까 왜 내 말을 못 믿어?"

"시끄러. 서울대씩이나 나와 가지고 세계에서도 내놓으라

하는 학교에 유학까지 보내놨더니 이상한 놈한테 홀딱 빠져가지고 온 주제에 뭔 말이……."

아빠가 말을 하다 흠칫 놀라 가게 안을 휘 둘러보고 이쪽을 바라봤다. 스스로 놀란 거다. 집안 망신이라고 절대 밖에서는 입 밖에 내놓지도 않던 말이 튀어나왔으니 얼마나 놀랐을까. 그것도 코앞에 영준이와 기승이 준이가 있는데 말이다.

"이래서 절대 나오지 말라고 한 건데, 당장 들어가."

아빠가 이를 악물고 말했다.

"니네 누나 공부 되게 잘했나 보네? 너랑은 완전히 다르네. 머리가 한쪽으로 몰렸나 보다. 그런데 세계에서도 내놓으라는 학교가 어디야? 영국에 있는 학교야? 아니면 미국? 독일? 프랑스?"

기승이가 물었다. 나는 아빠 눈치를 보며 으응, 그냥 뭐, 이러고 얼버무렸다.

"이상한 놈이 누구야? 공부를 잘했으면 똑똑했을 텐데 왜 이상한 놈에게 빠졌을까."

준이는 안타깝다는 듯 말했다.

"야, 공부 머리랑 인생 사는 머리랑은 다르다더라."

기승이가 말했다.

영준이는 물끄러미 큰누나를 바라봤다. 영준이의 얼굴에는 아무런 표정도 없었다.

4

수경이는 며칠을 더 결석한 다음 나타났다. 얼굴이 눈에 띄게 핼쑥해져 있었다. 일이 어떻게 끝이 났는지 궁금했지만 수경이는 입을 다물었다. 도담이도 마찬가지였고 선생님조차도 목걸이 사건에 대해서는 두 번 다시 말을 꺼내지 않았다. 말을 하지 않아도 비밀로 해도 어디선가 졸졸 새어나오는 말이 있기 마련이다. 금 하나 없는 멀쩡한 담에 물이 촉촉하게 새어나오듯 말이다. 하지만 목걸이 사건은 그런 것도 없었다. 누수 우려가 있는 곳을 누군가 철저하게 미리 막아놓은 거 같았다.

셋이 우리 가게에 다녀가고 난 후 수경이가 학교에 올 때까지 단톡방은 조용했었다. 그 조용함이 순간순간마다 심장을 죄는 듯한 답답함이 되기도 했다. 생각하지 말아야지, 해도 수경이가 떠올랐다. 며칠이 몇 달은 되는 듯 길었고 숱한 생각들이 머리를 스치고 지나갔다.

여하튼 수경이가 학교에 왔고 목걸이 사건은 잠잠해졌다.

그것은 사건이 크게 확대되지는 않았으니 안심해도 된다는 뜻일 거다.

수경이를 보고 나자 마음이 놓인 탓일까, 온종일 병든 병아리처럼 졸았다. 졸지 않으려고 하면 할수록, 입술을 질끈 깨물고 허벅지를 꼬집으면 꼬집을수록 잠은 속수무책으로 쏟아졌다.

점심을 먹고 나서는 한계에 도달했고 5교시부터 7교시까지 내내 책상에 엎드려 퍼질러 잤다. 내 이름을 애타게 부르며 깨우는 소리도 있었지만 이미 내 몸은 내 게 아니었다.

교실을 나설 때는 머릿속은 물론이고 마음까지 개운했다. 가벼운 발걸음으로 가게에 도착했을 때 가게는 난리가 나 있었다. 짱구 형이 출근하지 않았다. 온다간다 말도 없이 결근을 한 거다. 일인 세 사람 몫을 하는 짱구 형의 빈자리는 본격적인 장사를 시작하기도 전부터 크게 나타났다. 아빠는 평소 출근시간보다 일찍 불려 나와 막 시작되는 배달에 매달렸고 화천이모와 구름이 이모 그리고 엄마는 하루 동안 장사할 닭을 토막 내느라 홀 안은 어제 장사가 끝난 그대로 엉망진창이었다.

매일 할 일 없이 출근부 도장을 찍듯 나오던 작은누나는 오늘 따라 코빼기도 보이지 않았다. 소라가 아프다나 뭐라나. 한 손이라도 더 필요해서 매형이라도 나오라고 했더니 배탈이 나서 꼼짝도 못한다고 했다.

"언감생심 건물은 꿈도 꾸지 마라, 싸가지 없는 것들."

아빠는 전화기를 내던지며 중얼거렸다.

교복을 갈아입을 시간도 없이 홀 청소를 시작했다. 뚱집이며 치킨 조각이 홀 바닥에 잔뜩 떨어져 있었다. 기름과 양념이 말라붙어 잘 떨어지지도 않았다. 지금 이 시간 아프리카 어느 곳에서는 기아로 아이들이 굶어죽고 있는데 도대체가 먹을 거 귀한 줄 모르는 인간들 같으니라고. 구시렁거리며 청소를 하는데 갑자기 짱구 형이 말도 못하게 궁금해졌다.

'왜 안 오는 거지? 그만두는 건가?'

어느 날 말도 없이 나오지 않으면 다 아빠 탓인 줄 알고 있으라고 입버릇처럼 말했던 짱구 형이다. 어제 아빠와 싸웠나? 아니지, 싸웠다고 해서 당장 그만둘 짱구 형이 아니다. 짱구 형과 아빠는 일 년 365일 날마다 싸운다. 그리고 짱구 형은 자신의 꿈을 이루기 전까지는 웬만한 일에는 참고 인내한다고도 말했었다.

'어디 아픈가?'

전화라도 한번 해봐야겠다는 생각은 들었지만 바빠서 그럴 시간도 없었다.

한술 더 떠서 해가 뉘엿뉘엿 지기 시작하자 다른 날보다 훨씬 많은 사람들이 몰려들었다. 나와 아빠가 이리저리 바쁘게 뛰었지만 역부족이었다. 자리 정리를 제대로 못해 들어온 사람을 도로 나가라고 할 지경까지 이르렀고 그야말로 아수라장으로 변했다.

"허허허허허. 오늘이 치킨먹기 데이인가요? 아니면 뚱집먹기 데이?"

아빠는 웃어 보였지만 혼이 나간 표정이었다. 아빠를 더 당황하게 만든 것은 오늘따라 배로 늘어난 배달이었다. 아빠가 모는 스쿠터는 잠시도 시동을 끄지 못하고 타이어 타는 냄새를 진동하며 거리를 누볐다.

아빠는 전화벨이 울릴 때마다 흠칫흠칫 놀랐다. 사람이 드는 표는 나지 않아도 나는 표는 난다더니 그 말은 진리이며 명언이었다.

"연락도 없이 안 오다니, 싸가지 없는 새끼. 대체 어디 간 거야? 왜 전화는 안 받고 지랄이야."

아빠의 분노가 풀 먹인 듯 빳빳하게 들어갔던 욕도 시간이 지나면서 축축 늘어졌다. 나중에는 욕할 힘도 시간도 없는지 그마저도 못했다.

"할 수 없다."

아빠가 큰누나의 손을 빌리려고 마음먹은 것은 배달 열 마리가 한꺼번에 주문 들어오고 여덟 명이 밖에서 자리가 나길 기다리고 있던 때였다.

"여보. 큰애한테 나오라고 하지."

아빠는 주방 안을 보며 말했다.

"당신이 전화 해. 닭 튀기는 거 안 보여?"

엄마는 있는 인상 다 쓰며 말했다. 그때 나는 밑반찬을 나르고 있었고 여기저기에서 샐러드 더 주세요, 닭껍질 튀김은 더 안 주나요, 이러고 있을 때였다. 어쩔 수 없이 아빠가 큰누나에게 전화를 했다.

"뭐 하냐?"

아빠는 그런 와중에도 도도함을 잃지 않았다.

"쓸데없이 개털은 왜 깎아? 온 집에 개털 날리게. 뭐? 내가 미용할 돈을 안 줘서 직접 깎는다고?"

순간 아빠 얼굴이 환해졌다.

"좋다. 나는 집 안에 개털 날리는 거 딱 질색이니까 개털 깎아주는 미용실에 닐드인지 뭔지 맡겨라. 내가 돈 주면 될 거 아니야? 대신 공짜는 없다. 여태 너한테 뭐든 공짜로 다 해주었지만 이제부터는 어림도 없다는 거 알지? 당장 가게로 나와서 일해. 그럼 털 깎는 돈을 줄 테니."

아빠는 말을 마치고 느긋하게 전화를 끊었다. 어쩜 이 순간에 개털을 깎고 있었는지 그야말로 신통방통한 절호의 찬스였다는 표정이었다.

큰누나는 생각했던 것보다 훨씬 더 날렵했다. 초등학교 다닐 때부터 공부만 하던 큰누나였다. 공부 외에 다른 거라고는 단 한 번도 해본 적 없었다. 엄마 아빠는 가게를 하는 그 바쁜 중에도 큰누나를 공주님처럼 모셨다. 손에 물 한 방울 묻히지 않게 했다. 그런 큰누나가 일이 몸에 밴 사람처럼 서빙이면 서빙, 설거지면 설거지, 정리면 정리, 가리지 않고 척척 해냈다. 아빠도 속으로 놀라는 눈치였다. 그러면서도 한편으로는 큰누나가 가게에 있을 때 혹시라도 신 의원이나 강 사장이 올까 봐 초조해하기도 했다.

큰누나가 팔을 걷고 나서자 가게는 점차 안정을 찾아갔다. 다만 아빠만 배달하느라고 눈썹이 휘날릴 정도였다.

아무리 왕년에 국가대표 유도선수였고 탄탄한 몸집을 유지하고 있는 아빠였지만 짱구 형 없이 배달을 혼자 한다는 것은 무리였다. 50대 후반의 나이에 20대 짱구 형을 앞설 수는 없었다. 배달을 마치고 돌아와 다시 치킨상자를 들고 나간 아빠가 스쿠터에 몸을 올려놓는 것과 동시에 옆으로 쓰러지고 말았다.

–우당탕탕.

소리만 들어도 아빠나 스쿠터나 엄청난 충격을 받았다는 것을 알 수 있었다. 주방에 있던 엄마와 화천이모 그리고 구름이 이모가 놀라서 뛰어나왔고 쫄깃쫄깃한 똥집을 야무지게 씹고 있던 손님들까지 소리에 놀라 벌떡 일어났다.

아빠에게 제일 먼저 달려간 것은 큰누나였다. 아빠의 가슴은 온통 똥집양념바비큐 범벅이었다. 셔츠 단추를 꼭 두 개씩 풀어놓는 습관 때문에 맨살에 묻은 양념은 목을 통과, 가슴골을 타고 흘러내렸다.

그때 짱구 형이 나타났다.

"야, 이 새끼야, 어디서 뭔 짓하다가 이제 와? 왜 전화는 안 받아?"

허리를 잡고 인상을 찡그리던 아빠가 짱구 형을 발견하고 소리쳤다. 입은 욕을 하고 있었지만 아빠 얼굴에는 반가움이 가득 찼다.

"아팠어요."

"아파? 누가? 네가? 너도 아플 때가 다 있냐?"

"저라고 안 아픈 사람인 줄 아세요? 검사하고 링거 맞고 깜박 잠들었어요. 아, 짜증 나. 스쿠터를 그렇게 함부로 다루면 어떻게 해요?"

짱구 형이 쓰러져 있는 스쿠터를 일으켜 세웠다.

"어디가 아팠는데?"

"그 뭐냐, 전정신경염이래요."

"그게 뭔데?"

"사람이 이렇게 서 있고 돌아다닐 수 있는 게 다 균형을 잡을 수 있는 힘이 있기 때문이잖아요? 그 균형이 깨진 거지요. 균형을 잡지 못할 때는 크게 뇌의 문제와 귀의 문제로 볼 수 있다고 해요. 귀가 그런 역할을 한다니 저도 처음 들어본 말이에요. 여기, 여기, 귀 속에 균형을 잡게 해주는 평행기관이 있는데 이 기관에 감각을 받아들이는 신경이 있고 그걸 전정신경이라고 한대요. 거기에 염증이 생긴 병이지요."

"뭔 소리야? 뭐가 그렇게 어려워? 그러니까 간단하게 말해서 어디가 아프다는 말이야?"

"아, 진짜 여태 설명했는데도 못 알아잡수세요? 귀요, 귀. 아무튼 아침부터 어지럽고 토하느라고 죽는 줄 알았어요. 괜찮겠지, 괜찮겠지, 이러다 못 참고 병원에 갔지요. 처음에는 먹은 것도 없이 체한 줄 알았어요. 그런데 체한 게 아니라 귀에 이상이 생긴 거더라고요."

"수영도 안 하는 놈이 귀가 왜 아파? 귀에 물 들어갈 일도 없으면서. 아하, 허구한 날 시간만 있으면 볼펜이며 면봉으로 귀를 후벼대더니 그래서 탈이 났구먼. 내가 그럴 줄 알았다."

아빠가 볼멘소리를 했다.

"그게 아니고요, 면역력이 확 떨어져서 그렇대요, 스트레스를 받아서 그렇다고요. 제가 누구 때문에 스트레스를 제일 많이 받는 줄 아세요?"

짱구 형이 스트레스라는 말에 힘을 주었다.

"네가 아픈 게 내 탓이란 말이냐?"

"아주 무관하다고 말할 수는 없지요."

"미친 놈, 그래, 이제 괜찮냐?"

아빠 목소리가 많이 누그러들었다.

"푹 쉬어야 빨리 낫는다고 하던데. 제가 쉬면 이 가게 꼴이 말이 아닐 거 같아서 나왔지요."

"야, 젊은 놈이 마냥 쉬면 더 아파. 살살 움직여주고 일을 해야 병도 도망가는 거야. 이봐, 이놈 밥부터 먹여. 보나마나 온종일 쫄쫄 굶었을 텐데."

아빠가 엄마를 바라보며 말하는 그 순간 아빠 턱밑으로 은박지로 싼 김밥 두 줄이 들어왔다. 큰누나였다. 큰누나가 어느 새 옆에 있는 김밥집에 가서 김밥 두 줄을 사왔다.

"먹고 천천히 해."

큰누나가 짱구 형에게 말했다.

"역시 큰누님은 경영학을 전공하시고 공부를 많이 하셔서 그런지 직원을 어떻게 대해야 하는지 잘 알고 계시군요. 링거를 맞아 배는 고프지 않지만 큰누님의 성의를 생각해서 꼭꼭 씹어 잘 먹겠습니다. 다음 배달 어디에요?"

짱구 형은 김밥을 배달할 치킨과 함께 스쿠터 앞 바구니에 담았다. 배달하면서 먹겠다는 뜻 같았다. 짱구 형이 배달을 가고 난 후 단톡방이 울렸다.

–준아, 아까 한 가지 깜박했는데.

–말 안 해도 알고 있음, 내 차례인 거.

새로운 사건이 터질 거라는 걸 짐작할 수 있었다. 영준이는 단톡방에는 이 정도만 알리고 자세한 사항은 준이에게 개인 톡으로 지시할 거다.

'이번에는 누구지? 누가 영준이 눈에 들어왔을까?'

생각해보니 이해할 수 없는 점이 또 하나 있었다. 왜 영준이는 어떤 사건에 대해 알릴 때 꼭 단톡방에 밝히는 걸까. 자세한 것은 개인 톡으로 하는데 계획을 알리는 것은 단톡방에서 한다. 오미진 사건 때도 수경이 사건 때도 마찬가지였다.

손 안에 꼭 쥔 휴대폰이 다시 울렸다.

–이번엔 누군데?

기승이가 물었다.

–그런 거는 묻지 않기로 했잖아.

준이가 말했다.

–서일아. 니네 큰누나는?

갑자기 영준이가 물었다. 왜 갑자기 큰누나를 묻는지 의아했다.

–잘 있느냐고?

얼른 답글을 쓰지 못하고 멈칫거리는 것을 눈치라도 챈 듯 영준이가 다시 물었다.

–응.

|
5

가을이 깊어가는 비가 추적추적 내렸다. 중간고사 첫째 날인 교실 안 풍경은 정확하게 셋으로 구분되었다. 성적이 인생의 전부인 양 핼쑥한 얼굴로 단어 하나 더 외우고 수학 문제 하나 더 풀려고 애쓰는 팀과 더 이상 어떻게 할 수 없을 만큼 어젯밤까지 최선을 다했다며 이제 정리의 시간이 필요하다는 표정으로 꾸벅꾸벅 조는 팀, 그리고 시험이 뭐냐? 나는 그런 거 모른다며 끼리끼리 모여 시시덕거리는 팀.

나는 영준이와 함께 모의하고 실천하며 비밀을 공유하는 그 얼마 되지 않는 시간 동안 영준이에 의해 오감이 발달하고 있다는 걸 알 수 있었다. 그동안 사용할 생각조차 없었고 활용하지도 않았던 세포들이 꿈틀거렸고, 그러면서 생전 처음 촉이라는 것이 생겼다.

아침에 교실에 들어서며 영준이와 준이 얼굴을 보는 바로 그 순간 오늘이 바로 영준이와 준이의 계획을 실행하는 디데이라는 감이 왔다.

조례가 끝나고 첫째 시간을 시작하기 전 설아가 화장실에 가는데 준이의 매서운 눈빛이 설아를 따라갔다.

설아가 복도로 사라지자 준이는 어수선한 틈을 타서 재빨리 설아 자리를 스치고 지나갔다. 무심히 설아 책상을 만지는 듯하면서 책상 밑에 뭔가를 붙였다. 작정을 하고서 보니 보이는 것일 뿐 누구도 눈치챌 수 없는 빠른 손놀림이었다. 빠른 손놀림은 영준이와 막상막하였다.

첫째 시간 영어 시험이 시작되었다. 대각선으로 보이는 설아에게 자꾸 눈이 갔다.

설아는 침착하게 시험을 보고 있었다.

"아, 진짜 너무 어려워."

"교과서에 이런 게 있었냐?"

아이들의 불만 소리가 툭툭 터져 나오고 있는 와중에도 설아는 한 치의 흐트러짐도 없었다.

"조용히 해라, 조용히. 떠드는 사람은 커닝을 하겠다는 뜻으로 알겠다."

수학 선생님이 탁자를 치며 말했다.

교실에는 빗소리만 가득 찼다. 눅눅한 공기를 헤치며 수학 선생님의 슬리퍼 끄는 소리만이 나지막하게 울렸다.

심장이 뛰었다. 영준이와 준이는 설아를 어떤 식으로 어느 그물 안에 몰아넣을까. 그물 안에서 빠져나오려고 몸부림치는 설아의 모습이 눈앞에 떠올랐다.

수학 선생님이 준이 옆을 막 지나갈 때 준이가 수학 선생님 손가락을 가볍게 쳤다. 수학 선생님이 준이를 바라보는 순간 준이는 얼굴을 비비는 척하며 검지손가락을 잽싸게 입에 갖다 댔다. 그러고 난 다음 턱으로 설아 쪽을 가리켰다. 그 모든 행동에 걸린 시간은 길어야 일이 초. 누구도 준이의 행동을 알아채지 못했고 나와 영준이만 힐끔거렸을 뿐이다.

수학 선생님은 허리를 뒤로 제꼈다가, 무릎을 낮춰 설아를 한참 동안 빤히 바라보더니 성큼성큼 설아를 향해 걸어갔다.

"잠깐 일어나 봐라."

"예?"

"잠깐 일어나 보라고."

아이들 눈이 모두 설아 쪽으로 향했다.

"왜요?"

설아는 눈만 동그랗게 뜬 채 물었다.

"일어나 보라고."

"시험 보는데 왜 일어나라 마라 하시는 거예요?"

설아가 온갖 인상을 다 쓰며 자리에서 일어났다. 수학 선생님이 천천히 허리를 숙여 설아 책상 밑에서 한들한들 흔들리고 있는 종이를 잡아당겼다. 빽빽하게 글씨가 쓰인 종이에는 유리테이프가 너덜거리고 있었다.

선생님은 종이를 설아 턱밑으로 내밀었다.

"이게 뭐예요?"

"보면 모르냐?"

"모르겠는데요."

선생님은 의기양양했고 설아는 어리벙벙한 표정이었다.

"우리는 이런 거를 보고 커닝 페이퍼라고 한다."

"커닝 페이퍼요?"

설아는 어이가 없는 듯 허공을 향해 바람 빠지는 소리를 냈다.

억울하겠지. 팔짝팔짝 뛰고도 싶겠지. 하지만 명백한 증거가 있는데 설아로서도 어찌할 수 없는 노릇이었다. 아니라고 커닝 페이퍼를 책상 밑에 붙인 적도 없고 본 적도 없다고, 애초에 만든 적도 없다고 설아는 악을 썼다.

"자. 다른 아이들 시험 보는데 방해가 되니까 설아 너는 나를 따라 나와라. 니들! 나 없다고 엉뚱한 짓할 생각 말아라. 복도에서 다 보고 있을 테니."

설아는 영어 시험을 보기 시작한 지 25분 만에 수학 선생님 뒤를 따라 복도로 나갔다.

3학년 시험이 한 시간 보류되었다. 선생님들은 설아에게 계속 시험을 보게 하느냐, 마느냐로 회의에 들어갔다. 문제는 커닝 페이퍼라고 지목한 종이의 글씨체가 설아 글씨체와 달랐다는 거다. 잘못하다가는 성적이 상위권인 아이 하나 매장시키는 결과를 초래할 수 있으니 신중해야 한다고 했다. 그러는 바람에 2교시는 자율학습이었다.

선생님들은 혹시라도 설아가 억울한 일이 생길까 봐 머리를 맞대고 회의중이었지만 교실에서 설아는 이미 억울해서 죽고 싶을 만큼의 분위기에 휩싸이고 있었다. 설아가 1학년 기말고사 때도 종이 울리고 난 후 책을 넣지 않아 한 번 주의를 받은 적이 있다느니, 시험 기간에 손바닥에 글씨가 쓰여 있는 거를 본 적이 있다느니, 진짜인지 가짜인지 모를 말들이 빗소리를 타고 출렁출렁 돌아다녔다.

결국 커닝 페이퍼의 내용과 시험 내용은 단 한 곳도 같은 곳이 없고 또한 필적도 설아와는 완전히 다르다는 결론을 내렸고 더 확실한 것을 위해 커닝 페이퍼 글씨와 설아 글씨를 필적 감정하는 곳에 보내기로 했다고 했다. 아이들은 이런 것도 필적 감정을 하느냐고 물었다. 여하튼 일단 설아는 3교시부터는 시험을 계속 볼 수 있었다.

"선생님. 저, 영어 시험은 어떻게 해요? 보다 말았는데요."

설아는 영어 시험을 다시 보게 해 달라고 했지만 그건 필적 감정의 결과를 보고 난 다음 결정할 문제지만 아무래도 그러기는 힘들 거라고 했다.

나는 영준이의 계획과 그 계획에 의해 만들어지는 사건들에 대해 이상한 점 하나가 더 있다는 것을 알아차렸다. 영준이는 누군가를 억울하게 만들기는 하지만 끝에는 그 억울함을 벗게 만든다. 그러나 억울함을 벗고 주인공의 결백이 밝혀져도 다른 아이들 머릿속에는 나쁜 이미지로 남게 된다. 영준이가 정말 원하는 건 뭘까.

–원하는 거는?

교문을 나서는데 단톡방에서 영준이가 물었다. 준이에게 묻고 있다는 것을 알 수 있었다.

–운동화 R 브랜드로.

준이가 대답했다.

–왕 비싼 건데. 저번 점퍼보다 더 비쌀 걸.

기승이 문자다.

–좋아, 거기서 만나자.

영준이 문자는 간단하고 담백했다.

이후 단톡방은 잠잠해졌다.
기승이는 영준이와 거래에서 돈을 얻고 나는 내 신변을 보호받고 있다. 준이는 명품 브랜드 운동화나 옷을 받는다. 기승이는 이미 그걸 알고 있었다. 영준이와 준이가 만나자고 한 곳은 어딜까. 네 명 중에서 나만 모르는 거 같았다. 영준이에게 나는 어떤 존재일까. 내가 기승이, 준이와 다른 점은 무엇일까. 셋 안으로 내가 합류한 시간이 짧다는 이유일까. 아니면 영준이와 준이 그리고 기승이 역시 다른 아이들과 같은 눈으로 나를 보는 걸까.

나는 고개를 저었다. 영준이는 그럴 리 없다. 점점 나는 영준이를 굳게 믿고 있었다.

영준이에 대한 생각은 가게에 들어서면서 먼지처럼 날아가 버렸다. 아빠와 큰누나가 가게에서 다투고 있었다. 아빠는 나오라는 말도 안 했는데 누구 허락 받고 가게 나왔느냐고 화를 냈다. 그러다 신 의원이나 강 사장이 보면 어쩌냐고 말이다.

“아빠, 필요할 때만 이용해 먹고 버리는 거 진짜 치사한 거야. 어제는 애절한 목소리로 불러내더니 어떻게 사람이 그래?”

“내가 언제 애절한 목소리로 불러냈냐? 네가 닐드 털을 깎고 있다고 해서 하도 안돼 보여서 미용 값이라도 쥐어주려고 불러낸 거지. 뭘 알고 말해.”

아빠는 꼴도 보기 싫으니 어서 들어가라는 듯 손을 휘휘 내저었다.

“이거 한 번만 만들어보라니까. 내가 집에서 해봤는데 내 실력으로도 맛이 꽤 괜찮아. 가게에서 닭 전문가들이 이 레시피대로 만들면 그야말로 대박날 거야. 내 이름을 걸고 맹세해."

큰누나는 종이 한 장을 흔들었다.

"아이고야. 한 번 만들어보려고 했는데 네 이름을 걸고 맹세한다고 해서 그 마음이 싹 가셨다. 비싼 돈 들여 유학 보냈더니 근본도 모르는 스카프 파는 놈한테 홀딱 빠지고 끝내는 그 잘나지도 못한 놈한테 차인 네 이름이 어디에 걸 만큼 대단하냐?"

"그 얘기는 이제 제발 그만 좀 해."

"자꾸 나오는 걸 어떻게 그만해. 그리고 이런 말 듣기 싫으면 나오지 말란 말이야. 그냥 집에 쥐 죽은 듯 있으라고."

"사장님. 큰누님이 이렇게도 자신 있게 말씀하시는데 한번 만들어나 보지요. 원래 머리가 좋은 사람이 음식 개발도 잘하는 거거든요. 제가 개발한 똥집양념바비큐 보세요."

짱구 형이 나섰다. 짱구 형은 큰누나가 들고 있는 종이를 낚아채 찬찬히 읽었다.

큰누나 레시피는 구름이 이모에게 넘어갔다.

"괜찮은 맛이 나오면 내 손에 장을 지진다."

아빠는 큰소리쳤다.

손님이 잠깐 뜸한 시간에 구름이 이모와 화천이모가 큰누나 레시피대로 닭을 튀기고 양념을 했다. 그리고 양념한 닭을 튀김옷을 한 번 더 입혀 또 튀겼다. 튀김옷도 누나가 개발한 거란다. 거기에 맛의 비밀이 숨겨져 있단다. 괜찮은 맛이 나오면 손바닥에 장을 지지겠다고 말한 아빠가 그럴듯한 냄새에 긴장했다. 냄새는 기가 막혔다. 예전에 천만 관객을 넘긴 어떤 영화에서 '이것은 갈비인가, 통닭인가' 이 말이 대단한 유행을 이끌어 낸 적이 있었다. 냄새로는 갈비 굽는 냄새였다. 튀기는 닭에서 갈비 냄새가 날 수 있다니 신기했다.

구름이 이모가 납작한 바구니에 치킨을 담아 내왔을 때 제일 눈이 반짝인 사람은 아빠였다. 아빠는 당장이라도 치킨을 덥석 집어 먹어보고 싶은 눈치였지만 애써 참으며 짱구 형에게 먹어보라는 눈짓을 했다.

치킨 다리를 한 입 뜯은 짱구 형이 오묘한 표정을 지었다. 맛이 있다는 건지 맛이 없다는 건지 표정으로는 알 수 없었다. 큰누나는 긴장한 표정으로 짱구 형 입을 뚫어져라 바라봤다.

"먹었으면 말을 해야지, 말을."

아빠가 참지 못하고 날개 하나를 집어 들었다. 날개를 뜯어 두어 번 씹던 아빠가 소리를 버럭 질렀다.

"닭 한 마리 버렸네. 퉤퉤."

손바닥에 장을 지지지 않아도 될 아빠는 큰누나에게 가게 출입 금지를 다시 한 번 힘주어 말했다.

6

가짜든 진짜든 뉴스거리가 되면 나중에 가짜뉴스라는 것이 밝혀져도 오명을 깨끗하게 벗을 수는 없다.

국가적인 일을 맡아 하는 곳은 아니었지만 필적 감정을 하는 곳이 교장 선생님과 아는 곳이기도 하거니와 중간고사가 달려 있고 또한 한 학생의 목숨과도 같은 일이 걸려 있는 사안이라서 서둘러 결과가 나왔다고 했다. 단 하루만이었다. 물론 결과는 종이의 필적과 설아 필적은 불일치였다.

설아는 누명을 완전히 벗자 엉엉 울었다. 범인을 잡아달라고 교장실에서 통곡했다. 하지만 이미 스크래치가 간 설아의 이름은 예전 그 이름으로 돌아오기 어려울 거다.

급식실로 가고 있는데 설아 뒤에서 2학년 아이가

"재가 커닝했다던 그 3학년이야. 결과는 아니라고 나왔지만."

하고 수군거렸다.

설아는 졸업할 때까지, 아니 졸업을 하고 고등학교에 가서도 '커닝했다던 그 아이, 결과는 아니었지만' 이렇게 불릴 거다. 어느 순간 '결과는 아니었지만' 이 말을 빼먹을 수도 있다. 설아는 커닝 페이퍼 사건으로 물살이 센 물 위에 놓인 아슬아슬한 나무다리 위를 걷는 아이가 된 거다. 언제 어느 곳에서 떨어질지 모를.

나는 꼿꼿한 자세로 앉아 밥을 먹고 있는 설아를 먼발치에서 바라봤다. 깊은 생각에 잠긴 듯 설아는 앞을 멍하니 바라보고 있었다. 밥을 씹는 입은 기계적으로 움직이고 있을 뿐이었다.

밥을 반도 먹지 않은 채 설아는 급식실에서 나갔다. 나도 얼른 식판을 정리하고 밖으로 나왔다. 설아가 복도 끝 계단을 올라가고 있었다.

설아는 교무실로 향했다. 설아가 누구를 찾아갔는지는 설아가 교실로 돌아오기도 전에 소문이 났다. 마침 그 시간에 교무실에 있던 아이 입을 통해서였다.

설아는 영어 시험 때 시험 감독을 봤던 수학 선생님을 찾아가 책상 밑에 붙어 있는 종이를 어떻게 발견했느냐고 물었고 수학 선생님은 자연스럽게 눈에 들어왔다고 했단다. 하지만 설아는 그 말을 믿지 않고 어떻게 발견했느냐고 끈질기게 따져 물었다고 한다.

"거참, 덜렁거리는 종이를 봤다니까."

수학 선생님은 끝까지 준이를 지켜주려고 했지만 그러지 못했다.

"선생님. 선생님 키는 180센티미터가 넘어요. 일부러 몸을 숙이고 보지 않으면 절대 볼 수 없는 위치예요. 제가 바보인 줄 아세요? 누군가 선생님에게 알려준 거죠? 누구예요? 아니면 혹시 제 다리를 보려고 그러셨던 거예요?"

수학 선생님은 다리를 보려고 했던 거 아니냐는 말에 한순간 무너졌고 준이 이름을 대고야 말았다.

교실로 들어온 설아는 준이에게 달려가 멱살을 잡아 올렸다.

"너지? 종이 붙여놓은 게?"

설아 눈빛이 섬뜩할 정도로 빛났다.

"아닌데?"

설아가 오기 전 이미 마음의 준비를 한 탓일까, 준이는 태연하게 말했다.

"그럼 어떻게 알고 수학 샘한테 알려줬는데? 네가 언제부터 나한테 관심 있었다고 책상 밑에 붙은 걸 알고 알려주었느냐고?"

"쉬는 시간에 다른 아이가 붙이는 걸 봤거든."

이미 준비하고 있었다는 듯 준이는 조금의 망설임도 없었다. 준이는 멱살을 잡고 있는 설아 손을 거칠게 털어냈다. 수군거리던 아이들이 조용해지고 교실 안에는 적막이 흘렀다.

"그게 누군데?"

설아의 작은 주먹이 파르르 떨렸다. 준이는 조용히 얼굴을 들고 턱으로 나를 가리켰다.

정신을 차린 것은 설아가 내 뺨을 때린 후였다.

아니라고 말해야 하는데 입이 얼어붙은 듯 움직이지 않았다. 영준이가 나를 물끄러미 바라보고 있었다. 무덤덤한 영준이의 얼굴을 보며 나는 깨달았다. 절대 입을 열어서는 안 된다. 그러면 끝장이다.

"이유가 뭐야?"

설아가 물었다.

"나는 몰라."

마음을 굳게 먹었더니 내 장점이 그 진가를 발휘했다. 나는 전혀 흔들리지 않는 표정을 짓기 위해 어금니를 깨물었다. 하지만 목 안 저 깊은 곳에서 고무 탄내 같은 것이 올라왔다. 내 심장이 바짝 말라가고 있다는 증거다. 장점은 발휘할 수 있으나 양심이라는 것이 나를 흔들었다.

"내가 분명히 봤거든. 설아 네가 화장실에 갔는지 자리가 비었을 때 서일이가 지나가는 척하면서 네 책상 밑으로 슬쩍 손을 넣더라고. 뭐 하는 짓인지 그때는 몰랐지. 알고 보니 그게 그거였어."

준이가 천연덕스럽게 말했다.

고무 탄내는 더 심하게 났다. 다시 영준이와 눈이 마주쳤다. 영준이가 눈을 가늘게 떴다. 등골이 서늘해지며 무디게 누워 있던 온몸의 세포들이 툭툭 몸을 일으켰다. 진가를 발휘해, 나서일! 나는 정신을 바짝 차리며 입 안 가득 찬 고무 탄내를 삼켰다.

"책상은 만졌지만 나는 아니야."

빠져나가야 할 공간, 그걸 만드는 거다. 무조건 아니라는 말을 해서는 안 된다. 준이를 막다른 골목에 몰아넣어서는 안 된다. 책상을 만지고 지나갔다는 거짓말은 그래서 필요하다.

"네가 왜 내 책상 옆을 지나가? 지나갈 일이 없는데 왜? 병신이 여러 가지 하네. 네가 내 영어 성적 책임질 수 있어?"

설아는 내 뺨을 한 번 더 때린 다음 입술을 깨물며 물었다. 설아 입술에서 피가 배어났다. 송송 솟아나오는 피가 내 눈을 물들이는 듯 아릿한 느낌이 들었다. 나는 눈을 감았다.

설아는 내가 설아에게 억울한 누명을 뒤집어씌운 범인이라고 선생님에게도 알렸고 방방 뛰었지만 아이들은 설아 말에 고개를 갸웃했다. 이유는 간단했다.

"서일이가 왜? 뭘 얻겠다고? 서일이가 설아 너랑 라이벌도 아니고 공부하고는 거리가 먼 애가 왜?"

"서일이는 커닝 페이퍼 만들 실력도 안 될 텐데."

"그렇지, 바보가 그걸 어떻게 만들어?"

민철이가 비아냥거렸고 그 말에 큭큭거리는 웃음소리가 여기저기서 터져나왔다. 많이 들어왔고 그래서 자연스러운 말, 바보! 그 말을 들으면서 단 한 번도 화가 나 본 적은 없었다.

하지만 화가 나지는 않아도 들을 때마다 마음 한쪽을 아련하게 만들기도 하는 말이다. 나는 바보는 싫었다. 바보인 게 확실하다 치더라도 싫었다. 여하튼 모두들 내가 그런 일을 저질러야 할 이유가 없다는 거에 의견 일치였다.

"진짜 본 거야?"

나중에는 설아도 이상한 생각이 드는지 준이에게 물었다.

"이 두 눈으로 똑똑히 봤다니까. 야, 믿고 싶으면 믿고 말고 싶으면 말아. 믿든 말든 네 자유지."

준이는 심드렁하게 대꾸했다.

아이들이 나를 의심하든 의심하지 않든, 설아가 나를 의심하든 그렇지 않든, 선생님이 어떻게 나오든 내 뒤에 어떤 꼬리표가 붙어 다니든 그건 그리 중요하지 않았다. 노예 계약이나 한 듯 때리고 부려먹는 아이들로부터 자유로울 수 있는 거, 나에게는 그게 가장 중요했다. 영준이가 시키는 대로 해야 하는 이유였다.

아홉 시가 넘어서 영준이에게 문자가 왔다. 편의점 앞에서 기다리고 있다고 했다.

영준이는 아이스크림을 먹으며 기다리고 있었다. 나를 보자마자 영준이가 종이가방 하나를 불쑥 내밀었다. 운동화였다.

"신어라. 내 거 사면서 하나 더 샀다. 280이지? 사이즈가 나랑 똑같은 거 같더라고."

나는 의아한 눈으로 영준이를 바라봤다. 운동화를 주고받는 거, 이건 나와 영준이의 거래가 아니다.

"준이 몫의 일이었어. 그런데 너까지 끼고 말았잖아. 세상에 공짜가 어디 있냐? 신어. 그리고 민철이는 내가 손봐줄게. 너에게 함부로 하는 아이들은 내가 다 책임진다."

"소, 손님이 밀려서 치킨은 못 가져왔는데."

그 순간 왜 이 말이 튀어나오는지 모르겠다.

"괜찮아."

영준이는 내 어깨를 툭 쳤다.

"그런데 서일이 니네 큰누나 말이야."

영준이가 또 큰누나 얘기를 꺼냈다.

"미국에서 뭔 일 있었어?"

"미국에서?"

나는 종이상자를 끌어안고 뒤축으로 느껴지는 부분을 만지작거리며 되물었다. 그리고 영준이가 우리 가게에 왔던 그날을 되짚어봤다. 아빠는 유학을 보냈다고 말했을 뿐 미국이라는 말은 하지 않았다. 그걸 똑똑히 기억하는 이유는 기승이가 어느 나라인지 궁금해했기 때문이다.

"니네 누나 미국으로 유학 갔었다며? 그런데 중간에 돌아온 이유가 뭐야?"

영준이는 큰누나가 미국으로 유학 간 걸 어떻게 알고 있을까. 그리고 왜 큰누나에게 관심이 많을까.

"이상한 놈은 누구야? 왜 이상해?"

편의점을 뒤에 두고 서서 그늘진 영준이 얼굴이지만 진지한 빛이 스쳐지나가는 게 보였다. 나는 운동화 뒤축을 힘껏 잡았다. 우리 집안의 비밀이라며 절대 밖에 나가서 큰누나 일을 입 밖으로 발설하지 말라고 아빠가 그랬다. 밖에서 그런 말 했다는 게 아빠 귀에 들리는 날이면 그게 누구든 간에 가만 두지 않겠다고 했었다.

"나, 나, 나는 잘 몰라."

"에이, 가족인데 그걸 모른다는 게 말이 돼?"

영준이가 내 어깨를 짚었다. 어깨 위로 묵직한 힘이 느껴졌다.

"응?"

영준이는 집요했다. 말할 수도 없고 그렇다고 해서 말하지 않을 수도 없고 돌아버릴 거 같았다.

"좋아. 더 이상 너를 곤란하게 하지 않을게. 그럼 내 말에 대답만 해."

영준이가 숨을 크게 들이쉰 다음 천천히 말했다.

"니네 큰누나가 만났다는 그 이상한 놈! 니네 큰누나가 그 사람한테 속은 거지?"

나는 영준이 질문에 어떻게 대답해야 할지 알 수 없었다. 큰누나가 스카프를 팔던 남자에게 속았는지 어쨌는지는 나도 모른다. 맨해튼 거리에서 스카프를 팔던 남자라는 것, 네 개 이상

민족의 피가 섞인 사람이라는 것, 그리고 이름이 닐드라는 것, 큰누나와 만난 지 사흘 만에 룸메이트가 되었다가 그만큼 빠르게 다른 여자가 생긴 남자라는 것 그 외에는 모른다.

"나는 잘 몰라."

영준이의 힘에 주저앉을 거 같았다. 나는 후들거리는 다리를 지탱하려고 안간힘을 썼다.

"그래."

영준이가 빙긋 웃었다.

"그만 물어볼게. 그리고……."

영준이가 무슨 말인가 하려는 순간 영준이 주머니에서 휴대폰이 울렸다. 발신자 확인을 한 영준이는 미간을 찡그렸다. 영준이는 전화를 받지 않았다. 그러자 다시 또 전화가 왔다.

"왜요?"

영준이는 어쩔 수 없다는 듯 전화를 받았다.

전화기 안에서 쩌렁쩌렁한 남자 목소리가 들렸다. 목소리가 얼마나 큰지 '어디야?' 외치는 소리가 고스란히 들렸고 영준이는 당황해서 서둘러 볼륨을 줄이려고 했지만 너무 서두른 탓에 휴대폰을 떨어뜨리고 말았다.

"어떻게 마음에 드는 게 하나도 없어? 당장 들어와."

땅에 떨어진 휴대폰이 목소리로 터질 거 같았다. 영준이는 휴대폰을 집어 들고 종료를 눌렀다.

"내일 학교에서 보자."

영준이는 총총걸음으로 편의점 모퉁이로 사라졌다.

나는 영준이가 주고 간 종이봉투를 들고 한참 동안 서 있다 가게로 돌아왔다.

영준이가 왜 큰누나에게 관심이 있을까. 아무리 생각해도 큰누나와 영준이가 연결되는 지점은 없었다. 영준이는 작년 겨울 방학 직전에 전학을 왔다. 그때 큰누나는 미국에 있었다. 큰누나가 한국으로 돌아와서도 매일 집에 틀어박혀 지내고 있기 때문에 길에서라도 영준이를 만날 일은 없었을 거다. 큰누나가 가끔 나오는 곳이라야 가게가 전부다. 그것도 아빠 호통에 잠시 있다가 곧 집으로 돌아간다.

"웬 거냐? 좋아 보인다."

막 배달에서 돌아온 짱구 형이 종이봉투 안의 운동화를 보고 물었다.

"형, 가질래?"

나는 짱구 형에게 종이봉투를 내밀었다.

짱구 형은 운동화를 꺼내 이리저리 살피더니 도로 종이가방에 넣었다.

"됐다. 이거 엄청 비싼 브랜드야. 사장님이 뭔 바람이 불어서 너한테 이런 운동화를 사줬는지 모르겠다. 그동안 너를 공짜로 부려먹은 게 미안해서 그런가? 하긴 미안하지 않으면 사람도 아니지. 서일이 너 신어라. 나는 이 운동화가 좋다."

짱구 형이 다리를 들어 보였다. 때 끼고 앞축이 너덜거리는 짱구 형의 운동화가 눈에 들어왔다.

"내가 고등학교를 졸업하고 이 가게에 취직하고 나서 이 운동화가 몇 번째인 줄 아니? 먼 곳은 스쿠터를 타고 배달가지만 가까운 곳은 뛰어다니는 거 너도 알지? 사장님이 기름 값 아끼라고 난리잖아. 2년 만에 다섯 번째 운동화야. 뒤축에 구멍이 날 때까지 신거든. 이십 번째 운동화를 새 운동화로 갈아치우는 날까지 내 가게를 차리는 게 꿈이야. 흐흐흐 서일이 네 마음은 고맙지만 나는 나와 함께 꿈을 향해 나란히 뛰는 운동화가 어울리고 그런 운동화를 신었을 때 발도 마음도 편해."

"배달 밀리고 식탁 정리도 해야 하는데 둘 다 거기서 뭐해?"

그때 아빠가 소리쳤다.

"아이고, 예예, 갑니다, 가요. 씨발, 너무 부려먹는 거 아니에요? 그러다 내가 또 아프면 사장님 존나 힘들 텐데요."

짱구 형은 잽싸게 치킨박스를 들고 나와 스쿠터에 올라탔다. 아빠가 뭐라고 할 새도 없이 빨랐다.

"서일이 너는 일하다 말고 어딜 그렇게 나가? 요즘 자주 그러는데 어디 가는 거야?"

"아휴, 서일이도 일하다 좀 쉬고 싶으니 쉬는 거지."

엄마가 내 편을 들었다.

7

수경이가 가게로 찾아온 것은 일요일 저녁이었다. 평소에는 묶고 다니던 머리를 길게 풀어헤치고 발목까지 오는 길고 빨간 원피스를 입은 수경이를 처음에는 알아보지 못했다. 아빠가 어서 오세요! 소리친 다음 자리로 안내하려는데 수경이가 먼저 알은체했다.

수경이는 프라이드치킨 하나를 포장 주문한 다음 의자에 앉았다. 나는 마른 행주로 탁자를 싹싹 닦으며 수경이가 왜 왔을까 생각했다. 단지 치킨이 먹고 싶어서 온 거는 아닐 거다.

"내가 요즘 우울증에 시달리거든."

수경이가 말했다.

"심장이 순간순간 폭발할 거 같은 답답함을 느끼는 거로 봐서는 공황장애 증상도 좀 있어. 이게 다 목걸이 사건 탓인 거는 너도 알지?"

수경이가 내 뒷덜미에 얼음을 뒤집어씌우는 듯했다. 나는 잠시 움찔했다.

"내가 목걸이를 흘리고 가는 거 본 거 아니지? 왜 거짓말 했어? 너는 알지?"

수경이가 자리에서 일어나 내 앞으로 바짝 다가섰다.

"뭐, 뭘?"

"내 주머니에 목걸이를 누가 넣었는지?"

강력한 펀치였다. 머리가 얼얼했다. 침착하자, 침착하자, 나서일. 숨을 들이쉬며 콩닥거리는 가슴을 진정시켰다. 나는 곧 표정관리에 들어갔다.

"나는 몰라."

"목걸이가 내 주머니에 있었지만 훔치는 장면을 확인할 수 없었기 때문에 누명을 벗었어. 하지만 그건 완전히 누명을 벗은 게 아니야. 다른 거라면 이렇게 억울하지 않겠어. 도둑으로 몰린 거잖아. 너는 도둑으로 몰리면 좋겠어?"

수경이 목소리에 물기가 서렸다.

"네가 알고 있는 걸 말해주면 좋겠어. 누구야?"

"몰라."

나는 표정을 바꾸지 않았고 모른다는 말로 일관했다.

수경이는 프라이드치킨 한 마리를 들고 돌아갔다.

수경이가 돌아가고 오 분도 채 되지 않아 단톡방이 울렸다.

–서일아. 수경이 왔었지? 잘했지?

영준이었다. 문자를 확인하는 순간 정수리부터 발가락 끝까지 전기에 감염된 듯 찌익! 하더니 온몸에 마비가 왔다. 영준이가 어떻게 알았을까. 영준이는 계속 나를 지켜보고 있는 걸까. 마비가 되었던 몸이 조금씩 풀리면서 손이 덜덜 떨렸다.

–응.

간단하게 답을 쓰고 조심스럽게 가게 밖을 둘러봤다. 어둠이 서서히 내리기 시작하는 거리는 일요일 저녁답게 평소보다 한산했다. 한산한 거리를 바람이 쓸고 지나갔다. 편의점, 만화카페, 노래방, PC방, 꽃집, 대패삼겹살집, 홍삼가게. 나는 눈에 보이는 가게들을 눈으로 찬찬히 짚고 지나갔다. 저 가게 어딘가에 영준이가 있을 거 같았다.

–민철이는 해결했다.

영준이 문자였다.

홀은 텅 비었는데 배달 주문이 밀렸다. 일요일에는 다들 밖으로 돌아다니는 것보다는 집에 편히 앉아 시켜 먹는 사람들이 많았다. 아빠는 저번에 스쿠터와 함께 넘어지면서 발목 부분 인대에 문제가 생겨 한동안 스쿠터를 탈 수 없었고 뛰어다닐 수도 없었다. 짱구 형은 머리카락을 흩날리며 배달을 했지만 혼자서는 역부족이었다. 나도 배달에 본격적으로 투입되었다.

"징징거리지 말고 일해. 남들은 장사가 안 되어서 난리인데 우리 집은 장사가 잘되고 있잖아. 그것만도 고맙고 감사한 일이지. 저기 두 블록 뒤에 새로 생긴 아파트 알지? Y아파트라고 주상복합 말이다. 거기야. 여기 치킨상자 위에 주소 붙여놨으니 잘 보고 찾아가. 식기 전에 얼른 가. 치킨은 식으면 맛이 절반으로 뚝 떨어지는 법이야."

누가 배달가기 싫다고 말한 것도 아닌데 아빠는 치킨상자를 안겨주며 말했다.

"어이, 서일아. 어디 가냐? 배달이냐? 내가 갈게."

마침 짱구 형이 가게 앞에 스쿠터를 세우고 있었다.

"짱구 너는 갈 데가 또 있어."

아빠가 치킨 세 상자를 들고 나왔다.

"가는 김에 제가 배달하면 되지요."

"서일이는 Y아파트이고 너는 다른 데야."

"사장님. 서일이 좀 작작 부려먹어요. 서일이도 공부를 해야 할 거 아니에요? 학생이 공부를 해야지 매일 치킨집에서 일만 하면 어째요. 혹시 서일이가 학생이라는 걸 까먹은 건 아니신지?"

짱구 형이 웽웽! 스쿠터를 밟으며 말했다. 아빠는 대답 대신 짱구 형이 쓰고 있는 헬멧을 쥐어박았다.

"서일아. 신호는 꼭 지키고 길 건너라."

짱구 형은 손을 흔들어 보이고 금세 골목 안으로 사라졌다.

"미친 놈, 나이가 몇 살인데 신호 지키라는 걱정이야? 저 스스로나 걱정하지."

아빠는 스쿠터 소리 여운만 남은 골목을 바라보며 말했다.

큰길을 건너면서 왜 짱구 형이 신호를 지키라고 말했는지 알 수 있었다. 일요일이라 그런지 Y아파트로 가는 길은 차량이 뜸했고 그에 비하면 신호가 길었다. 신호 무시하고 건너고 싶은 생각이 굴뚝같았다. 한 발 내딛으려는데 짱구 형 목소리가 떠올랐다. 순간 트럭 한 대가 쏜살같이 지나갔다. 좀 전까지 눈에 보이지 않던 트럭이었다.

Y아파트 앞에 도착했을 때였다. 출입구에 막 도착하는 검은 자동차에서 내리는 사람의 뒷모습이 낯익었다.

'영준이?'

눈을 질끈 감았다가 다시 뜨고 바라봤다. 영준이가 틀림없었다.

'가게 근처에서 나를 지켜보고 있던 거 아니었나?'

영준이는 자동차에서 내려 곧장 A동을 향해 걸어갔다. 그때 운전석에서 슈트를 차려입은 젊은 남자가 내리더니 영준이를 불러 세웠다. 영준이는 돌아보지 않았다.

"아, 어린 새끼 비위 맞추려니 힘들어 죽겠네."

옆을 지나오며 젊은 남자가 중얼거리는 소리를 들었다. 젊은 남자는 뒷좌석에서 상자 하나를 꺼내더니 허겁지겁 영준이 뒤를 따라갔다.

–A동 3502호.

나는 주소를 확인한 다음 3502호를 눌렀다.

"누구세요?"

"치킨 배달왔습니다."

출입문이 열리고 엘리베이터 앞에 왔을 때 엘리베이터는 30층을 올라가고 있었다. 35층에 멈췄던 엘리베이터가 내려오기 시작했다. 영준이 집도 35층인 모양이었다. 설마 영준이네가 치킨을 시킨 건 아니겠지? 그런 우연은 없을 거라고 생각했지만 나도 모르게 긴장이 되어 치킨박스 귀퉁이를 쥐어뜯었다.

엘리베이터에서 내리는데 복도 한쪽에서 통화를 하고 있는 젊은 남자의 뒷모습이 보였다. 나도 모르게 그쪽을 향해 걸었다.

"더러워서 못 해 먹겠다니까. 어린 새끼가 반말을 툭툭 던지는 것도 모자라 내가 저 스트레스 해소하는 북인 줄 아나, 걸핏하면 성질부리고 지랄이라니까. 뭐가 불만인지. 나 같으면 돈 마음대로 쓸 수 있겠다, 이런 고급 아파트에 살겠다, 저 하는 대로 다 하라고 하겠다, 살판나서 만세를 부르겠구먼. 저만 엄마 없이 살아? 씨발 세상 돌아봐라. 엄마 없는 사람이 한둘인가? 암튼 끊어. 월급이 많으니 나 죽었소 하고 비위 맞춰줘야지 뭐."

젊은 남자는 통화를 끝내는 것과 동시에 몸을 돌렸다. 빤히 바라보던 눈길을 거둘 시간도 주지 않았다. 젊은 남자는 움찔하더니 나를 아래위로 한 번 훑어본 다음 엘리베이터 버튼을 눌렀다.

'영준이가 엄마가 없다고?'

젊은 남자말대로 엄마 없는 사람이 한둘은 아니겠지만 어쩐지 마음 한쪽이 서늘해졌다.

젊은 남자가 엘리베이터를 타고 가버린 뒤에도 향수 냄새는 진하게 남아 있었다. 코를 비비며 향수 냄새를 떨쳐버리고 있을 때 아빠에게 전화가 왔다.

"너 어디야? 배달 나간 지 언젠데 아직 치킨이 도착하지 않았다고 전화가 와? 어디서 뭐 하고 있는 거야? 치킨 다 식어빠졌겠다. 어디야?"

아빠는 고래고래 소리를 질렀다.

"아, 진짜 애한테 무슨 일이 있는 건지 먼저 물어봐요. 씨발 치킨이 그렇게 중요한가?"

짱구 형 목소리였다.

"너는 걸핏하면 어른한테 대고 욕하고 지랄이야?"

아빠 목소리가 너무 커서 귀청이 떨어져 나갈 거 같았다.

"다, 다, 왔어요."

서둘러 말하고 전화를 끊었다.

3502호 벨을 누르는데 심장이 터져나갈 거 같았다. 설마 문이 열리면서 영준이 얼굴이 불쑥 튀어나오지는 않겠지.

덜커덕! 문을 연 사람은 다행히 영준이가 아니었다. 속옷인 거 같기도 하고 아닌 거 같기도 한 아리송한 옷을 입은 여자였다.

"왜 이렇게 늦어?"

여자는 사자 갈기처럼 흐트러진 머리를 쓸어 올리며 짜증을 부렸다.

"무는 두 개 가지고 왔지?"

"아뇨. 원래 한 마리에 하나씩인데요."

"두 개 가져다 달라고 했잖아."

여자는 배달이 늦게 온 것도 모자라 왜 시키는 대로 하지 않느냐고 온갖 짜증을 다 부려가며 치킨 값을 주었다. 잔돈도 챙겨오지 않았는데 오만 원권이었다.

"잔돈 없는데요."

"장사를 하겠다는 말이야, 말겠다는 말이야? 도대체가 기본이 안 되어 있는 집이네."

여자는 또 짜증을 부리며 계좌번호를 물었다. 그런 것도 모른다고 말하자 여자는 욕을 해댔다. 그렇게 멍청해 가지고 치킨집 배달을 어떻게 하느냐고 말이다.

여자는 아빠에게 전화를 해서 계좌번호를 묻고 이체를 마치는 동안 입을 잠시도 쉬지 않았다.

"제대로 하는 거는 하나도 없어 보이는데 이렇게 바보도 배달 일을 시키는 모양이지."

–쾅!

여자가 나를 밀어내고 현관문이 닫혔다. 밀려나오며 우연히 옆집을 보았고 황급히 현관문 안으로 들어가는 머리를 봤다. 혹시 영준이는 아니겠지, 설마! 하지만 어쩐지 그 머리가 낯익었다. 영준이일지도 모른다.

'영준이도 여자가 나에게 바보라고 말하는 걸 들었을까?'

이상했다. 영준이에게는 이런 모습을 보이고 싶지 않았다. 아이들에게 그런 대접 받은 것도 모자라 학교 밖에서도 그런 모습으로 사는구나! 영준이에게는 새로운 모습일 수도 있다.

배 안에 있던 모든 내장들이 한데 섞여 일렁이는 듯 어지럼증이 나면서 부끄러움이 정수리에서 쏟아졌다. 정수리에서 쏟아진 그 느낌은 뒤통수를 타고 목으로, 목을 타고 등으로, 그리고 등을 타고 엉덩이로 허벅지로 종아리로 흘러내렸다. 그리고 끝내는 발을 점령했다. 나는 현관문 앞에 쪼그리고 앉았다. 그동안 숱한 일들이 나에게 일어났다. 아이들에게 무수히 맞았고 시달림을 당하면서 나에게는 자존심이나 자존감은 이미 남아 있지 않았다. 이런 모멸감쯤이야 나에게는 낯설지 않은 일이다. 그런데 새삼스럽게 왜 이럴까.

나는 한참 후에 일어나 일층으로 내려왔다. 시간을 재보지는 않았지만 가게까지 돌아오는 데 꽤 오래 걸린 듯했다.

"잘 갔다 온 거야? Y아파트 죽이지? 거기 엄청 비싸다더라.

나도 나중에 돈 벌면 그런 아파트 하나 장만할 거다."

배달을 나가던 짱구 형이 손을 번쩍 들고 말했다. 아빠는 서빙을 하느라고 바빠 힐끗 한번 쳐다보고는 말았다.

"별일 없었지?"

"나는 무슨 일 난 줄 알았네."

엄마와 구름이 이모가 주방에서 내다봤다. 아빠가 얼마나 길길이 뛰었는지 알 수 있었다.

"너는 이제 그만 들어가. 일요일이라 이제부터는 손님 없어."

"들어가긴 뭘 들어가? 좀 더 있다가 들어가."

엄마가 말을 하기를 기다렸다는 듯 아빠가 받아쳤다. 엄마가 아빠 뒤통수에 대고 눈을 흘겼다.

야외에 놓인 탁자들과 의자까지 모두 치우고 나서야 집으로 돌아왔다. 큰누나는 컴퓨터 앞에서 뭔가에 몰두하고 있었다.

"서일아. 서진이 가게에 왔었니?"

"아니."

그러고 보니 요즘 작은누나가 통 보이지 않았다.

"혹시 우리 건물에 가봤니?"

"아니."

가게와 집에서 우리 건물은 걸어서 몇 분 거리밖에 되지 않는다. 하지만 굳이 찾아가 볼 이유는 없었다.

"우리 건물 일층에 인테리어 공사하고 있더라. 서진이한테 가게를 내줬나 보던데."

이건 또 무슨 말? 우리 건물 일층에는 편의점과 제과점 그리고 제법 큰 분식가게가 있다. 작은누나가 가게를 낼 빈자리는 없다.

"분식가게를 내보내고 서진이 가게 내준 거야."

작은누나가 무슨 가게를 한다는 건지 짐작이 되지 않았다. 할 줄 아는 거라고는 연애밖에 없던 작은누나인데. 나는 긴 머리를 틀어올리고 다시 컴퓨터에 열중하는 큰누나 뒤통수를 멍하니 바라봤다. 이렇게 큰누나는 건물주 대기자에서 완전히 제명되는 건가? 그나저나 밖에 나갔다는 걸 아빠가 알면 큰일 날 텐데.

8

설아로부터 잠깐 보자는 쪽지를 받은 것은 중간고사 성적 발표가 있던 날이었다. 설아는 말도 안 되는 영어 점수로 대성통곡을 했다. 예상은 하고 있었지만 막상 받아들여지지 않는 모양이었다. 설아를 구제하는 방법을 찾기 위해 교육청은 물론이고 백방으로 알아보는 중이라며 선생님이 말했지만 그런 말 따위는 설아 귀에 들어가지 않는 거 같았다.

수업이 다 끝나고 가방을 챙기고 있을 때 설아가 쪽지 하나를 책상 위에 던지고 갔다.

—하늘공원으로 일곱 시까지 나와.

설아가 왜 보자고 하는지 이유는 대충 알 수 있었다. 내 눈은 자동적으로 영준이에게 향했다. 영준이는 준이와 무슨 이야기를 주고받느라고 설아가 쪽지 주는 모습을 보지 못한 듯했다. 쪽지를 꼭 쥐었다. 손바닥에 전해지는 종이의 질감은 차갑고 빳빳했다. 그게 더 나를 당황하게 했다. 설아의 마음을 손바닥으로 느낄 수 있다면 바로 이런 마음일 거라고 생각했다.

쪽지를 주고 간 설아는 멀리서 나를 지켜봤다. 나는 무덤덤하게 쪽지를 바지 주머니에 넣고 가방을 어깨에 걸쳤다. 침착하자, 침착! 표정에서 허점이 보이면 다 들통나게 될 수도 있다고 했다.

천천히 교실에서 나왔다. 중앙 현관을 빠져나와 바라본 하늘은 눈부시게 파랬다. 나는 굳었던 얼굴 근육을 펴며 숨을 크게 들이마셨다. 파란 하늘이 가슴으로 들어왔다. 뭔가 찜찜했던 마음이 훨씬 가벼워졌다. 그래, 만나지, 뭐. 만나서 아무 말도 하지 말고 있지 뭐. 설아가 혼자 떠들다 혼자 지쳐서 돌아갈 때까지.

나는 하늘공원 쪽으로 돌아서 가게로 가기로 했다. 왠지 설아를 만날 곳을 봐두는 게 마음 편할 거 같았다.

하늘공원은 꽤 후미진 곳이다. 원래는 아파트를 짓기 위해 남겨둔 땅이었는데 아파트를 짓기에는 땅 기반이 약하다고 했다. 한동안 방치되어 있던 땅은 어느 날 운동시설을 갖춘 공원이 되었다. 하지만 후미진 장소이다 보니 찾는 사람이 많이 없는 듯했다.

'영준이한테 알려야 하나?'

–하늘공원

공원 이름이 적힌 나무 팻말을 보는데 문득 이런 생각이 들었다. 설아가 일대일로 만나자고 하는 것은 생각에 따라 큰일일 수도 있다. 내 의지와는 상관없이 내가 엉뚱한 말을 하게 되면 영준이와 준이 그리고 기승이까지 줄줄이 따라 들어가게 되어 있다. 영준이에게 말해서 주의 사항을 듣고 설아를 만나는 편이 좋을 거 같다는 판단이 섰다.

나는 쪽지를 찍어 단톡방에 올렸다.

-설아가 준 쪽지야.

쪽지를 찍어 올리자마자

-너를 왜 만나자고 해?

준이가 등장했다.

-함부로 만나면 안 될 텐데.

기승이었다.

하지만 정작 영준이는 나타나지 않았다. 준이와 기승이는 영준이가 톡을 확인할 때까지 설아를 만나지 말라고 했다. 다른 날은 바로바로 단톡방을 확인하던 영준이는 내가 가게에 도착할 때까지 감감무소식이었다.

"서일아. 어디 갔다 이제 오냐? 내가 얼마나 목 빠지게 기다린 줄 아냐?"

짱구 형이 두손 들고 반겼다.

"사장님. 서일이 왔으니까 둘이 잠깐 나갔다 올게요. 지금은 배달 거의 없는 시간이니까 괜찮지요? 한 시간도 안 걸려요. 한 시간은 무슨, 삼십 분이면 돼요."

어디에 간다는 말도 없이 짱구 형은 내 팔목을 잡아끌었다. 아빠가 순순히 보내주는 걸 보면 미리 약속되어 있는 일 같았다.

짱구 형에게 끌려간 곳은 지하철역 부근에 있는 남자 옷을 전문으로 파는 가게였다.

"옷 사려고?"

"응."

살다 보니 별일이 다 있다. 짱구 형이 옷을 사다니! 옷이란 외부로부터 몸을 보호해주는 역할을 하면 끝이라던 짱구 형이었다. 짱구 형의 교복과도 같은 파란 점퍼와 노란 점퍼는 아빠가 물려주었고 바지는 무릎과 엉덩이 부분이 낡아 허옇게 일어난 꼴을 보다보다 더 이상 볼 수 없어서 엄마가 사주었다. 짱구 형은 절대 옷 사는 데 돈을 쓰지 않는 사람이다.

"나 내일 휴무다. 사장님이 허락했어. 청바지가 나을까, 면바지가 나을까?"

"휴무?"

정해놓은 휴무일도 아닌데 아빠가 허락했다니 의외였다.

"쉬게 안 해주면 가게 그만둔다고 협박했거든."

짱구 형이 환하게 웃었다.

짱구 형은 들떠 있었다. 여태껏 단 한 번도 짱구 형의 저런 모습을 보지 못했다.

"어디 가?"

딱히 갈 곳도 없을 짱구 형이었다. 친구도 없는 거 같았다. 어쩌다 쉬는 날이면 잠만 퍼질러 잤다면서 그다음 날 얼굴이 팅팅 부어오는 짱구 형이다.

'보육원에 볼 일이 있나?'

하지만 보육원에 가는데 들뜬 얼굴로 새 옷까지 사 입을 리는 없다. 저번에 짱구 형이 그랬다. 보육원 쪽은 쳐다보기도 싫다고. 그쪽으로 얼굴을 돌리기만 해도 찬바람이 불고 얼굴이 시리다고. 보육원의 실내 기온은 봄이고 여름이고 가을이고 겨울이고 계절에 상관없이 영하 20도라고.

"뜨거운 국물을 마셔도 뱃속이 차갑거든. 이불을 덮어도 손발에 동상이 걸릴 지경이야. 땀을 삘삘 흘리면서도 추운 게 뭔지 서일이 너는 모르지?"

짱구 형은 이런 말을 하면서 몸을 떨었었다. 열아홉 해 동안의 추위가 고스란히 느껴지는 모습이었다.

"어디 가느냐면……."

짱구 형은 입가로 새어나오는 웃음을 참지 못하고 풋! 하고 웃었다.

"비밀이다. 나중에 얘기해줄게."

짱구 형은 무슨 말인가 하려다 그만두었다.

짱구 형은 슈트를 원했다. 슈트를 입으면 사람도 고급스러워 보이고 점잖아 보이며 또 돈 좀 있어 보인다나 뭐라나.

"여자친구 생겼어?"

그럴 가능성 99퍼센트다. 그렇지 않고서야 한 번 들어간 돈을 절대 내놓지 않는 짱구 형이 비싼 슈트를 사려고 하지 않을 거다.

짱구 형은 슈트 중에서도 그럴싸해 보이는 비싼 것을 마음에 들어했다. 하지만 마음에 들어도 직접 입어보면 달랐다. 짱구 형의 몸매는 슈트를 거부했다. 그렇다고 해서 짱구 형의 몸매가 또래의 평균치보다 떨어지는 건 절대 아니었다. 알맞은 키와 알맞은 몸집, 균형상으로 봤을 때 살짝 다리가 짧긴 했지만 그런대로 괜찮은 몸매였다. 그런데 이상하게도 슈트가 어울리지 않았다.

더블, 싱글, 라인이 잡힌 것, 박스형, 짱구 형은 골고루 다 입어보고 나서야 슈트를 사면 안 된다는 것을 알게 되었다.

점원은 잿빛 바탕에 세로로 검은 줄이 있는 재킷을 권했지만 짱구 형은 단 일 초도 망설이지 않고 거절했다. 짱구 형은 '보육원 건물이 잿빛에 위쪽에 검은 줄이 있었거든. 잿빛에 검은 줄이 있는 것만 봐도 추워.' 이러고 내 귀에 속삭였다.

한 시간이면 충분하다고 했는데 어떤 옷을 사야 할지 결정을 내리지 못했다. 한 시간이 지나자 아빠가 연거푸 전화를 하기 시작했다.

"이걸로 하자."

짱구 형은 흰 면바지에 카키색 재킷을 골랐다. 입어본 것 중에서 그나마 나은 거였다.

옷을 사고 보니 신발도 문제였다. 신발 걱정을 하다 보니 양말도 새로 사야 한다고 했다. 짱구 형은 흰색 스니커즈와 카키색 양말을 샀다.

"왜 이제 와? 배달이 밀렸잖아. 너는 아픈 내가 배달 가다가 아주 다리 하나가 부러져야 속이 시원하겠냐?"

"오늘 몇 배는 빨리 달릴 테니까 걱정 꽉 붙들어 매세요."

다른 날 같으면 한마디 했을 짱구 형이 웃는 낯으로 말했다. 어딜 가기에 저렇게 들떠 있는지 궁금증이 더 커졌다.

일곱 시가 다 되어가는데 영준이는 답이 없었다.

–가야 하나?

나는 준이나 기승이라도 대답해주길 바랐다. 하지만 둘은 아무 대답도 하지 않았다.

설아는 금세 포기할 아이가 아니다. 오늘 약속 장소에 가지 않으면 내일도 쪽지로 보낼 거고 내일 안 가면 모레도 또 보낼 거다. 수학 문제를 끈질기고 집요하게 푸는 걸 보면 성격을 알 수 있다. 또 약속 장소에 나가지 않으면 가게로 찾아올 수도 있다. 물론 설아가 우리 가게를 알고 있는지 어쩐지 그건 잘 모르겠지만 말이다.

잠깐 나갔다 온다고 했더니 아빠가 길길이 뛰었다. 오늘 무슨 날 잡았냐고, 기름칠한 생쥐처럼 왜 밖으로 나가지 못해 안달이냐고.

"볼일이 있으니까 그러는 거겠지. 다녀오라고 해."

엄마가 참견하고 나서야 아빠는 빨리 다녀오라고 허락했다.

하늘공원에는 어둠이 내리고 있었다. 나무 위에 앉아 있던 새 한 마리가 날아오르자 나무 잎에 매달렸던 어둠이 벤치 위로 후드득 떨어졌다. 벤치를 물들인 어둠은 짧고 빠르게 하늘공원 전체로 퍼졌다. 나는 벤치 앞에서 설아를 기다렸다.

정확하게 일곱 시. 설아가 나타났다. 학원에 다녀오는 듯했다.

"좀 있다 빨리 수학학원도 가야 해. 그러니까 빨리 말해야 해. 내가 묻는 말에 우물쭈물하지 말고 빨리 대답해, 알았어?"

말 두어 마디 하는데 빨리라는 말이 세 번이나 들어갔다.

"누구야? 서일이 너를 조종하는 게?"

"뭐?"

이런 질문을 할 줄은 몰랐다. 진짜 붙였느냐, 안 붙였느냐,

이 정도 따질 줄 알았다. 영어 성적 어떻게 책임질 거냐고 화풀이를 할 줄 알았다.

"내가 며칠 동안 곰곰이 생각한 결과! 서일이 너는 누군가의 조종을 받고 있어. 다른 아이들은 지나고 나면 다 잊겠지만 나는 절대 안 잊거든. 오미진 사건도 네 입에서 처음 나왔어. 편의점 알바생에게 내가 똑똑히 들었거든. 사건이 커지고 나서 알바생에게 다시 물었더니 너에게 들었다는 걸 기억하지 못하고 있었지. 남들 이야기는 쉽게 말하고 쉽게 잊거든. 그리고 수경이 사건도 마찬가지야. 네가 연루되어 있잖아. 나는 네가 혼자 그런 일을 꾸몄다고 생각 안 해. 너는 그럴 이유가 전혀 없거든. 누구니? 네 머리 위에서 너를 조종하는 애가, 준이니?"

설아는 오늘 꼭 원하는 것을 알아내고야 말겠다는 듯 결의에 찬 표정이었다. 어둠 속에서도 그게 똑똑히 보였다.

나는 긍정도 부정도 담아내지 않는 무덤덤한 표정으로 설아를 바라봤다. 휴대폰을 계속 들여다보며 시간을 확인하던 설아는 점점 초조해졌다.

"너, 그거 알아?"

설아가 입술을 꼭 깨물며 물었다.

"나는 절대 포기하지 않는다는 거."

설아가 돌아서서 뛰어갔다.

설아 모습을 삼킨 어둠을 보며 가슴이 쿵쿵 뛰었다. 아무래도 설아를 잘못 건든 거 같다. 절대 포기하지 않는다는 말을 할 때 설아 눈빛이 섬뜩할 정도로 차가웠다. 명치끝으로 통증이 왔다. 점심 먹은 게 역류하여 명치에 얹히는 느낌이었다.

영준이는 아직도 톡을 확인하지 않고 있었다. 단 한 번도 이런 일은 없었다.

|

9

걸음을 멈추고 앞에 버틴 건물을 바라봤다. 나도 모르는 사이 Y아파트 입구에 서 있었다. 무슨 마음으로 여기까지 왔는지 스스로 생각해도 당황스러웠다. 영준이가 궁금하긴 했지만 여기에 온다고 해서 영준이를 만날 수 있다는 보장도 없었다.

출입구는 지문 인식이나 비밀번호를 눌러야 했다. 당연히 안 될 걸 알면서도 손가락을 넣어봤다. 삐익! 소리와 함께 빨간 불이 반짝거렸다. 보는 사람이 없는데도 뒤통수가 후끈했다. 서둘러 그 자리를 벗어나 A동이 빤히 보이는 벤치에 앉았다.

나는 까마득하게 높은 아파트를 쳐다봤다. 캄캄한 하늘을 뚫을 듯 솟은 아파트 위로 희미하게 별이 떠 있었다.

언제부터 별은 저렇게 희미해졌을까. 어렸을 적 집 옥상에서 바라본 별은 손을 내밀면 닿을 듯한 곳에서 찬란하게 빛났었다. 별이 멀어진 건지 내가 별과 멀어진 건지 잘 모르겠다. 아무튼 고개를 젖히고 별을 바라본 게 아주 오랜만이다. 나는 한참 동안 별을 바라봤다.

계절은 어느 순간 익어가고 깊어간다. 어제와 오늘의 기온차가 달랐다. 아니, 아침과 저녁의 기온차도 느껴졌다. 어깨를 움츠리고 운동화 뒤꿈치로 땅을 툭툭 차는데 휴대전화 진동음이 느껴졌다.

"어디야?"

아빠였다.

"지금 가요."

전화를 끊고 일어나는데 이번에는 큰누나에게 전화가 왔다.

"서일아, 가게에 있니? 지금 바빠?"

"왜?"

"바쁘지 않으면 잠깐 집에 좀 왔다 갈래?"

생전 나에게 따로 전화를 하지 않는 큰누나였다.

큰누나는 현관문을 열어 놓고 기다리고 있었다.

"이거 저번 레시피에서 보완한 거야. 이따 구름이 이모한테 한 번 만들어봐 달라고 해. 이번에는 맛이 제대로 나올 거 같아."

큰누나는 레시피가 적힌 종이를 쥐어주었다. 이걸 만들어보기는 결코 쉽지 않다. 아빠가 순순히 보고만 있지 않을 테니까. 닭 한 마리를 버린 것도 모자라 또 한 마리 버릴 거냐며 화를 낼 게 불을 보는 듯 뻔하다. 쉽지 않다는 걸 알면서도 나는 고개를 끄덕였다.

"서일아."

돌아서는데 큰누나가 불러 세웠다.

"싫으면 싫다고 말해도 돼. 하기 싫으면 안 한다고 해도 돼. 너한테도 그럴 권리가 있어. 그 권리는 누구나에게 다 주어지는 거야."

"아니야."

아빠에게 욕을 먹기는 하겠지만 그렇게 어려운 일은 아니다.

"고맙다. 그런데 서일아. 다른 일에도 하기 싫으면 싫다고 해. 참고 말하지 않는 게 최고는 아니야. 나도 그걸 늦게 깨달았어. 투정을 부리고 싶으면 투정도 부려."

큰누나 목소리가 다정했다.

"알았지?"

"구름이 이모한테 전해줄게."

나는 대답 대신 이렇게 말했다.

"그래. 이왕이면 아빠 몰래 해보라고 해."

큰누나가 한쪽 눈을 찡긋했다.

왜 큰누나는 새로운 메뉴 개발에 저렇게 매달리는 걸까. 아빠 말대로 대학원에 가면 밖으로 마음대로 돌아다닐 수 있고 아빠 앞에서 큰소리도 칠 수 있을 텐데 말이다. 공부하는 데는 도가 터서 그깟 대학원 다니는 것쯤이야 누워서 떡 먹기 아닌가. 큰누나가 늦게 깨달았다는 것과 새로운 메뉴가 연관이 있는 건가?

"서일아."

큰누나가 또 불러 세웠다.

"접때 가게에서 봤던 네 친구 중에 말이야. 키 크고 얼굴 작은 아이……."

키가 크고 얼굴이 작다면 영준이다.

"그 아이, 니네 반이야?"

"응."

"가게에서는 어디서 봤던 아이인지 얼른 생각이 나지 않았었는데 나중에 기억났어. 2년 조금 넘는 동안 부쩍 커서 금방 못 알아봤지 뭐니. 그 아이, 신 의원 조카인가 그럴 걸. 미국 가기 전에 한 번 본 적이 있거든. 친구들하고 쫑파티를 하는데 그 레스토랑에서 신 의원과 저녁 먹고 있는 걸 봤어. 나중에 신 의원 아들이 합류했고, 너도 알지? 신 의원이 나하고 엮어주려고 했던 신 의원 아들. 암튼 저녁을 다 먹고 화장실에 들렀다 나오는데 신 의원 아들하고 그 아이가 맞은편 남자 화장실로 들어가더라고. 그 아이가 신 의원 아들한테 형이라고 불렀고 신 의원 아들이 작은 어머니는 잘 계시지? 이러고 묻는 걸 들었어. 그리고……."

큰누나가 무슨 말인가 더 하려는데 닐드가 현관 밖으로 나와 짖기 시작했다. 큰누나는 닐드를 번쩍 안고 안으로 들어갔다.

영준이가 신 의원의 조카라니. 이 사실을 아빠가 알면 얼마나 놀랄까. 그날 아빠가 큰누나에게 소리치던 말을 영준이가 들었다. 신 의원 귀에 들어갔을 확률이 높다.

'그렇다면…….'

영준이가 큰누나에 대해 자꾸 궁금해했던 이유를 짐작할 수 있을 거 같았다. 영준이도 신 의원이 자신의 아들과 큰누나를 결혼시키고 싶어 했던 사실을 당연히 알고 있을 거다. 하지만 큰누나가 한국으로 돌아온 것은 몰랐던 게 확실하다. 큰누나에 대해 이것저것 물어보는 걸 보면.

가게 문을 닫을 무렵 전화벨이 울렸다.

"감사합니다. 치킨집입니다. 영업이 끝나서 배달은 되지 않는답…… 예?"

친절하게 전화를 받던 아빠가 소스라치게 놀라며 나를 바라봤다. 아빠 눈동자가 흔들렸다.

"그럴 리가요, 우리 서일이는 그런 아이가 아닌데요. 아이고, 왜 소리를 지르십니까? 잘 듣고 있으니 작게 말하세요. 우리 서일이가 왜 댁의 자동차를 긁습니까? 이유가 없잖아요, 이유가."

아빠는 소리치며 전화를 끊었다.

"서일아. 너 수입 자동차 문짝 긁었냐? 아니 저 여자 말로는 푹 패었다는데 네가 그랬냐?"

"사장님. 뭔 말이에요? 서일이가 왜 남의 자동차를 긁어요?

말도 안 되는 말씀."

짱구 형이 탁자 위에 의자를 올리며 콧방귀를 뀌었다. 남의 자동차 앞에 세워놓고 제발 긁어라, 긁으면 돈 줄게, 이래도 그런 일은 하지 않을 거라고 말이다.

"엊그제 우리 집에서 치킨을 시켜 먹은 집이라던데. Y아파트 있잖니, 늦게 온다고 전화하고 잔돈 안 갖고 다닌다고 난리치면서 계좌로 돈 보내주었던 집 있잖냐. 그 여자가 그러네. 수입 자동차 중에서 비싼 축에 속하는 자동차를 긁었으니 어떻게 보상할 거냐고, 자기는 절대 보험처리 같은 거 안 할 거고 수리도 안 할 테니 새 거로 빼 달란다. 새로 산 지 일주일 된 차래."

"뭔 개뼈다귀 같은 소리야?"

짱구 형이 허공을 향해 또 콧방귀를 뀌었다.

"너, 긁었냐?"

아빠가 물었다.

"물을 걸 물으세요."

짱구 형이 발끈했다.

"왜 자꾸 네가 난리야? 서일이한테 묻고 있잖아. 긁었냐?"

"아뇨."

나는 고개를 저었다. 말도 안 된다.

그때 다시 전화벨이 울렸다. 아빠는 흠칫 놀라 뒤로 주춤거렸고 짱구 형이 전화를 받았다. 짱구 형이 뭐라고 하기도 전에 전화기가 터져나갈 거 같은 여자의 고함소리가 들렸다. 하도 소리를 빽빽 지르는 바람에 무슨 말을 하는지 알아들을 수가 없었다.

"뭔 말이야?"

짱구 형은 전화를 끊어버렸다.

"별 여자가 다 있네. 왜 가만있는 남의 아들을 끌어들이고 난리야?"

주방에서 엄마가 소리쳤다. 배달 가는 날 분이 덜 풀린 모양이라고 화천이모가 받아쳤다. 장사를 하다 보면 별 사람이 다 있다고, 까마득하게 잊은 일 년 전 일을 꼬투리 잡는 경우도 있다고 구름이 이모가 말했다. 그러자 짱구 형은 그동안 배달을 하면서 겪었던 일들을 풀어놓기 시작했다. 막상 배달하러 가면 자기는 치킨 같은 거 시키지 않았다고 오리발을 내미는 경우는 한 달에 한 번 꼴로 꼭 있고 분명 양념치킨을 시켜 놓고는 프라이드를 시켰는데 무슨 말이냐며 따지는 일도 많다고 했다.

–쾅!

한참 짱구 형이 열변을 토하고 있을 때 가게 문짝이 떨어져 나가라 열리며 여자 한 명이 들어왔다. 그 여자였다. Y아파트 A동 3502호!

"영업 끝났……."

"누가 닭 먹으러 왔대?"

3502호는 아빠 말을 끊으며 삿대질을 했다. 3502호의 손가락은 나를 향했다.

"너, 남의 차를 왜 그 모양으로 만들어, 응?"

3502호는 다짜고짜 나에게 달려들어 멱살을 잡았다. 짱구 형이 날렵하게 달려들어 내게서 3502호를 떼어냈다. 아빠는 갑작스런 일에 놀라서 얼음처럼 굳어 있었다.

"왜 엄한 애는 잡아요? 얘가 당신 차를 긁었다는 증거 있어요?"

엄마가 고무장갑을 벗어던지고 주방에서 나왔다.

"증거 없이 이럴까? 명백한 증거가 있으니까 이러는 거 아니야?"

"아니, 왜 말끝마다 반말이야? 혀가 짧은가?"

구름이 이모가 주방에서 내다보며 시큰둥하니 한마디 했다.

나는 하도 어이가 없어서 입만 벌린 채 서 있었다. 내가 언제 어디서 무슨 자동차를 긁었다고 이러는지 알 수가 없었다. 나와 비슷한 아이를 잘못 보고 저러는 거는 아닌지 그런 생각도 들었다.

"증거가 있다고, 무슨 증거?"

짱구 형이 3502호 앞에 배를 내밀며 마주 섰다.

"내가 묻고 싶었던 말이다."

그제야 아빠가 정신이 든 듯 3502호 앞으로 한발 다가섰다.

"CCTV에 찍혔어. 빼도 박도 못할 증거지. 아까도 말했지만 나는 그 차 수리할 마음 전혀 없어. 똑같은 새 차로 뽑아내."

CCTV라는 말에 모두의 눈이 나에게 쏠렸다.

"아, 아, 아니에요."

나는 두 손을 휘저었다. 사람 환장할 노릇이다. 내가 하지도 않은 일이 CCTV에 찍혔다니 그게 말이 되느냐고.

"긁었냐?"

아빠가 물었다. 대답 대신 눈물이 쏟아졌다.

"에구, 우는 걸 보니 긁은 거 맞나 부네."

화천이모가 혀를 찼다. 그 말을 듣자 눈물이 더 쏟아졌다.

"아니라잖아요. 당사자가 아니라는데 왜 화천이모까지 그래요?"

짱구 형이 내 편을 들었다.

아빠는 그 CCTV가 존재하는지 확인하고 이야기하자며 나를 데리고 3502호를 따라 Y아파트 관리사무소로 갔다. 고급아파트여서 그런지 아니면 아파트라는 것이 다 그런 곳인지 관리사무소에 24시간 상주하는 직원이 있었다. 직원은 문제의 CCTV를 공개했다. CCTV 화질은 기막히게 좋았다. 그동안 텔레비전에서 사건 공개를 하며 보여주었던 CCTV와는 전혀 달랐다. 마치 사진을 보는 듯 사물이며 인물이 또렷하게 나왔다. CCTV 속에는 내가 있었다. Y아파트 A동을 향해 걸어가는 내 모습을 보자 아빠는 입이 떡 벌어졌다. A동으로 걸어간 나는 출입문을 열기 위해 손가락을 지문 인식기에 넣어보기도 하고 쓸데없이 아무 번호나 눌러보기도 했다. 내가 번호까지 눌러봤다는 거는 CCTV를 보고서야 알았다.

출입문 열기에 실패한 나는 하늘을 한참 바라보더니 주위를 두리번거리며 건들건들 걸었다. CCTV는 사방에 설치되어 있는 모양이었다. 뒷모습, 좌우 옆모습, 앞모습까지 다 찍혔다. 하지만 자동차를 긁는 모습은 끝내 나오지 않았다. 아니, 긁지 않았는데 나올 수가 없다. 건들거리며 A동 맞은편으로 간 나는 어둠 속으로 곧 사라졌다.

"봤죠?"

3502호가 당당하게 말했다.

"자동차를 긁는 게 어디 나와요? 나는 못 본 거 같은데. 리플레이해봐요."

아빠가 고개를 갸웃거렸다.

관리사무소 직원이 CCTV를 다시 보여주었다. 하지만 어디에도 내가 자동차를 긁는 모습은 나오지 않았다. 이번에는 3502호가 리플레이를 요청했다.

"여기! 여기 봐요. 이 아이가 지금 가고 있는 방향 여기, 여기에 자동차 꽁무니 보이죠? 내가 내 차를 여기에 잠깐 세워뒀었어요. 집에 잊고 온 게 있어서."

그러고 보니 내가 걸어가고 있는 옆에 뿌옇게 자동차 꽁무니가 보였다. 3502호 말에 의하면 집에 잠시 올라갔다가 내려오는데 약속이 취소되었단다. 그래서 도로 주차장에 가서 차를 주차시키고 내리는데 문짝이 그 모양 그 꼴로 되어 있더란다. 얼마나 깊이 파였는지 회색 문짝에 도랑이 생긴 거 같다고 말했다.

"긁는 거를 보여주어야지, 긁는 거를."

아빠는 그렇지 않고서는 인정할 수 없다고 했다. 관리사무소 직원은 자동차 운전석 쪽이 안타깝게도 딱 CCTV 사각지대라고 했다. 하지만 그 시간에 그 장소에 나타난 것은 나밖에 없다고 했다. 관리사무소 직원은 그 말을 증명하듯 내가 찍히기 전 영상과 찍히고 나서 한참 후의 영상을 틀어주었다. 앞 영상에서는 3502호 여자가 아파트 출입문을 향해 달려가는 게 보였고 잠시 후 내가 나타났다. 그리고 얼마 후에 내가 다시 건들건들 나타나더니 큰길 쪽으로 걸어갔다. 얼마 지나지 않아 다시 3502호 여자가 아파트 출입문에서 나왔다.

"사각지대로 사라졌다가 뭐 하고 나타났겠어? 어두운 곳에서 똥을 싸고 왔겠어? 뭐를 했겠어? 차를 긁은 거지. 수리할 마음은 코딱지만큼도 없지만 수리하려고 해도 몇백만 원은 들 걸."

3502호 여자가 거만하게 팔짱을 꼈다.

환장하고 팔딱 뛸 노릇이다.

경찰서까지 갔지만 증거 불충분이었다. 내가 자동차를 긁었다는 증거는 없다고 했다. 3502호 여자는 방방 뛰었지만 그런다고 해서 대한민국 법이 달라지는 것은 아니었다. 3502호 여자는 그럼 왜 배달 오는 것도 아니면서 Y아파트에 나타났느냐고 따졌고, 아빠는 Y아파트에 갈 수도 있지 그 아파트가 다 당신 거냐고 맞받아쳤다.

"아휴, 답답해. 아니면 아니라고 대들고 싸워야 할 거 아니야. 그렇게 나 잡아 잡수 하고 가만있으면 어쩌자는 거야. 그렇게 해서 이 험한 세상을 어떻게 살아낼 거냐고. 에이구. 그놈의 월드컵이 원수지, 원수야."

집으로 돌아오며 아빠는 가슴을 쳤다. 하지만 왜 Y아파트에 갔느냐고 묻지는 않았다. 아마 열 받아서 묻는 걸 깜박 잊은 듯했다.

아빠 뒤를 따라가며 주머니에 손을 넣고 나서야 큰누나가 준 레시피를 주머니에서 꺼내지도 않았다는 게 떠올랐다. 영준이가 신 의원 조카라는 말에 정신이 팔려 있었던 탓이다. 누나도 경찰서까지 다녀왔다는 말에 레시피에 대해서는 따로 묻지 않았다.

단톡방이 울린 것은 새벽 두 시였다.

–설아는?

드디어 영준이가 문자를 확인했다.

–아무 말도 안 했어.

답 문자를 보내자 바로 영준이에게서 전화가 왔다.

"안 자고 있었네. 내가 오늘 일이 있어서 단톡방을 늦게 봤어. 잘한 거 맞지? 설아가 뭐라던데? 설아는 좀 집요할 걸."

설아가 집요하다는 건 영준이도 알고 있었다.

"조종하는 게 누구냐고 물었어."

"그래서?"

"아무 말도 안 했어."

"잘했어. 그럼 자라. 아 참……."

영준이가 전화를 끊으려다 멈칫했다.

"네 문제 해결했다. 그럼 내일 학교에서 보자."

영준이가 전화를 끊었다. 나는 휴대폰을 든 채 한참 동안 그 자세로 있었다. 영준이가 한 말이 무슨 뜻인지 이해가 되지 않았다. 내 문제를 해결하다니, 내 문제 뭐?

불을 끄고 자리에 눕고 나서야 혹시!라는 생각이 들었다. 내 문제라는 것이 3502호? 배달 갔던 날 앞집 문에서 사라지던 낯익은 머리가 떠올랐다. 영준이가 맞았나 보다.

10

어제는 아주 평온했다. 혼 빠지게 많은 일들이 일어났던 그저께에 보상이라도 하듯 아무 일도 일어나지 않았다. 설아도 별 다른 모습을 보이지 않았고 단톡방도 조용했다. 짱구 형이 하루 휴무인 관계로 가게가 좀 바쁘기는 했지만 짱구 형의 부재를 미리 알고 있었기 때문에 먼 곳의 배달은 받지 않아 견딜 만했다. 한 번 배달이 다섯 군데나 밀렸을 때가 있었는데 그때 마침 황 씨 아저씨의 출연으로 무사히 넘길 수 있었다.

"살다 살다 치킨 배달도 다 해보네."

황 씨 아저씨는 수금을 바로바로 해주는 대가로 도와주는 거라고 했다.

짱구 형이 우리 가게에서 일하고 난 다음 처음으로 짱구 형 없이 일하는 하루였다. 휴무일은 같이 쉬었기 때문에 그럴 일이 없었고 자리를 비운 거라고 해봤자 저번에 아파서 몇 시간 늦게 나왔던 때가 전부였다.

짱구 형이 없는 하루는 아빠에게 꽤나 낯선 거 같았다. 아빠 자신도 모르게 배달 전화를 받고 나서는 '짱구야' 라고 부르기도 했고 '배달 간 놈이 왜 이리 안 와?' 소리치기도 했다. 가게 문을 닫고 올 때는 '내일은 짱구가 오니까' 하면서 중얼거렸다.

그런데 오늘 짱구 형이 출근하지 않았다. 학교에서 돌아왔을 때 아빠는 휴대폰을 잡고 짱구 형을 욕하고 있었다.

"가게에도 안 나오고 전화도 안 받고 도대체 어떻게 된 거야? 집에 가보니까 집에도 없던데."

아빠는 쉴 틈 없이 전화를 해댔다.

"그만둔 거 아닙니까? 사장님 때문에 그만둔다고 매일 그랬습니다. 갑자기 안 나오면 그런 줄 알고 있으라고."

화천이모가 그렇지 않아도 터지기 직전의 아빠 속을 찔러댔다.

"이보쇼. 나만큼만 하라고 그래. 내가 월급을 밀리기를 하나, 끼니를 그냥 넘기기를 하나, 이 정도 잘해주는 곳 찾기도 쉽지 않아."

그래도 걸리는 점이 좀 있는지 아빠는 나보고 전화해 보라고 했다. 혹시 아빠 전화라서 받지 않을 수도 있다고 말이다. 하지만 짱구 형은 내 전화도 받지 않았다.

지옥을 굳이 표현해 보라고 하면 바로 오늘 같은 날이었다. 엄마와 화천이모 그리고 구름이 이모는 아예 주방에서 나올 생각을 하지 못하니 밖의 일은 나와 아빠가 다 할 처지가 되었다. 거기에다 오늘 날 잡았다고 생각되었는지 어제는 조용하던 3502호가 전화를 해댔다. 양심 없이 이런 식으로 그냥 넘어갈 거냐고 가만있지 않을 거라는 협박도 했다.

"아니라고 하면 믿어야 될 거 아니야, 우리만 아니라고 그러는 것도 아니잖아. CCTV, CCTV가 말해주고 있잖아. 그리고 대한민국 법이 문제 없다잖아. 뭐? 아, 알았어, 알았다고. 법대로 해, 법대로. 우리 집에서 절대로 치킨 시켜 먹지 않을 거라고? 제발, 제발 좀 그렇게 해주슈. 나도 그쪽한테 닭 팔 생각 없으니까."

바쁜 중에도 아빠는 꼬박꼬박 대꾸해주었다. 그러느라고 배달이 밀렸다.

"큰애라도 좀 불러."

보다 못한 엄마가 말했다.

"됐어."

잠시 망설이는 듯하던 아빠가 말했다.

"그럼 둘째하고 이 서방이라도 부르든가."

아빠가 작은누나에게 전화를 했고 입이 튀어나온 작은누나가 나타난 것은 한 시간 뒤였다. 매형은 소라를 보느라고 못 온다고 했다.

"이제 막 학원 끝나고 인테리어 공사한 거 좀 보러 가려고 했는데."

"네가 안 봐도 잘 안되고 있어. 내가 틈틈이 가 본다니까."

누가 학원을 다닌다는 말인지 알 수가 없었다. 인테리어 공사가 어쩌고저쩌고 하는 걸 보니 큰누나 말이 맞는 모양이기도 했다.

"나는 참 알다가도 모르겠다. 미스터리한 일이야. 사람이 말이다, 뭔 일을 하려고 하면 미리미리 준비해서 하는 법인데 너는 어떻게 가게 인테리어 공사랑 자격증 따는 거랑 같이 시작하냐? 그러다 자격증 시험에 떨어지면 어떻게 할 건데? 하도 달달 볶아가면서 졸라서 뭐에 홀린 듯 내가 가게를 내주기는 하는데 걱정된다, 걱정돼. 여하튼 모든 책임은 네가 지는 거다. 일 년 안에 인테리어 비용 다 갚는 거 잊지 마라. 이번에 싹수를 보고 노랗다 싶으면 너도 아웃이야, 아웃, 알지?"

작은누나가 대체 무슨 자격증을 딴다고? 원래부터 공부하는 거 하고는 담을 쌓은 작은누나다. 무슨 자격증을 따는 건지 궁금했다.

"치, 걱정 마. 잘할 수 있으니까."

작은누나는 큰소리쳤다.

작은누나는 차라리 없는 게 나았다. 서빙하다 쟁반을 떨어뜨리는 거는 기본이고 양념치킨 시킨 곳에 프라이드치킨을, 똥집 시킨 곳에 양념치킨을 가져다주었다. 일을 한 번에 끝내지 못하고 꼭 두 번씩 했다. 일하는 모습이 속 터진다고 해서 들어가라고 할 처지도 아니었다. 아빠는 스쿠터 타이어에 탄내가 나도록 바빴다.

아빠가 큰누나를 부른 거는 밤 아홉 시가 지나서 작은누나가 치킨 접시를 손님 뒤통수에 쏟은 다음이었다.

"치킨 장사로 먹이고 공부시키고 시집보내고 아파트까지 사주었는데 어떻게 치킨집 딸년이 치킨 접시도 하나 못 날라? 가게를 내준 거는 미친 짓이지 싶다."

아빠는 한심해했다.

"아이고, 꼴을 보니 재도 아웃이네. 하나를 보면 열을 안다고 저렇게 해서 무슨 가게를 해? 과연 건물은 누구한테 돌아갈까?"

구름이 이모가 작은누나를 향해 혀를 차며 중얼거렸다.

큰누나가 나오자 가게가 정리정돈되었다. 작은누나는 날렵하게 일하는 큰누나를 그저 보고 넘기지 못하고 입을 삐죽거렸다. 그러다 소라가 걱정된다며 슬그머니 돌아갔다.

다른 날보다 좀 일찍 가게 문을 닫았다. 나는 그제야 몇 시간 동안 꺼내보지도 못했던 휴대폰을 확인했다. 모르는 번호로 부재중 전화가 와 있었다. 전화해보기에는 너무 늦은 시간 같아 관두기로 했다. 단톡방은 오늘도 조용했다.

"서일이 너 짱구네 집 알지? 지금 잠깐 다녀와라. 죽었는지 살았는지 궁금해 죽겠네. 아까 낮에 가봤을 때는 없던데 돌아와 있을 수도 있잖아. 내가 가고 싶어도 그 새끼가 싫어할까 봐 말이다. 아, 새끼 진짜 애 먹이네. 혹시 말이다. 그만둔다, 어쩐다 그러면 네가 잘 구슬러봐. 그래도 짱구가 너는 좋아하잖아."

짱구 형 집은 가게에서 걸어서 십오 분 정도 걸리는 거리에 있다. 버스나 택시를 타고 갈 수도 있지만 어차피 큰길에서 내려 골목을 한참 들어가야 하기 때문에 차라리 지름길로 걸어가는 것이 편하다. 아빠는 무슨 일이 있으면 전화하라고 당부했다.

가게에서 두 블록 지나면 두 개의 다른 세상이 펼쳐진다. 길을 건너면 최고급 주상복합 아파트인 Y아파트가 있고 길을 건너지 않고 모퉁이를 돌아서면 골목에서 골목으로 이어지는 동네가 나온다. 두 곳이 동네 이름은 같지만 모습은 전혀 다르다. 가로등 불빛조차 다르다. Y아파트 쪽 가로등은 환하고 밝지만 골목 쪽은 오래된 전구인 듯 희미했다.

골목으로 접어들었다. 누군가를 만난다면 몸을 옆으로 살짝 비켜주어야만 서로 지나갈 수 있을 정도로 좁은 골목이었다.

나는 짱구 형 집에 두 번 가봤다. 두 번 다 휴무일이었다. 한 번은 엄마가 콩나물찜을 했다고 가져다주고 오라고 해서였고 한 번은 장대비가 쏟아지는 날 길에서 우산을 쓰지 않은 짱구 형을 만나 집까지 우산을 씌워주느라고 들렀었다. 짱구 형은 비쯤이야 맞아도 괜찮다고 했지만 장대비의 기세는 대단해서 그냥 돌아설 수가 없었다. 자식! 서일이 너는 가슴이 깊은 아이야, 여기 여기 말이다, 그래서 나는 네가 좋아, 그날 짱구 형은 내 명치끝을 살짝 누르며 이렇게 말했었다.

열려진 대문을 들어서서 오른쪽으로 난 계단을 내려가면 반

지하가 나오고 첫 번째 방이 짱구 형이 사는 곳이다. 불투명 유리의 현관문은 캄캄했다.

똑똑똑.

어둠을 흔드는 노크 소리가 생각보다 컸다. 나는 흔들리는 출입문 손잡이를 꽉 잡았다. 그러다 무심히 손잡이를 돌렸다.

−덜컹.

출입문은 가볍게 열렸다. 생각지도 못하게 문이 열리자 당황스러웠다. 문 틈새로 방에 갇혀 있던 어둠이 쏟아져 나왔다. 눈을 한 번 질끈 감았다 뜨고 나서야 방 안에 있는 사물들의 실루엣이 희미하게 보였다. 차갑고 냉냉한 냄새가 코끝을 스치고 지나갔다. 사람의 온기라고는 전혀 느낄 수 없었다.

짱구 형이 없다고 생각하고 몸을 돌리려는데 달칵! 소리와 함께 갑자기 방 안에 불이 켜졌다. 짱구 형이 우뚝 서 있었다. 얼굴이 잔뜩 부어 있었다.

"사장님이 가보라고 했구나?"

짱구 형 목소리가 평소와는 달랐다. 목소리에 물기가 촉촉했다. 나는 고개를 끄덕였다.

"아무리 그래도 그렇지 한밤중에 애를 여기까지 보내냐? 학교 마치고 지금까지 가게에서 죽어라고 일했을 텐데. 하여간 생각이 없어요, 생각이. 그렇지 않아도 내일부터는 출근하려고 했다. 잠깐 앉아라."

짱구 형이 방에 펼쳐진 이불을 젖혔다.

방바닥에 앉는 순간 차가운 기운에 몸이 후드득 떨렸다. 짱구 형은 아무렇지도 않게 방바닥에 주저앉았다.

차가운 것이 익숙해지면서 나는 방 안을 둘러봤다. 낡고 작은 냉장고, 옷 몇 벌이 걸린 행거, 방에 펼쳐진 이불 한 채, 그리고 방 한쪽에 붙은 싱크대에는 가스레인지와 냄비, 그릇 몇 개가 놓여 있었다.

"그럼……."

짱구 형이 내일부터 온다고 했으니 더 있을 이유가 없었다.

"자고 가라. 내일 토요일이잖아. 학교 안 가도 되니까 자고 가라고. 너, 아무것도 모르니까 이 시간에 이 골목을 유유히 걸어왔지, 알고 나면 못 나갈 걸. 요즘 계속 이 동네 골목을 끼고 사건 사고가 끊이지 않고 있어. 며칠 전에는 이틀 간격으로 살인 사건도 났다. 너 가다가 죽을 수도 있다는 말이야."

짱구 형이 죽을 수도 있다는 말에 힘을 주었다.

"목숨 걸고 갈래?"

"아니."

집에 갈 마음이 한순간 가셨다.

"내가 사장님한테 문자 보낼게. 가만있어 보자, 내 휴대폰이 어디로 갔나."

짱구 형은 이불을 이리저리 젖히면서 휴대폰을 찾았다. 휴대폰은 행거에 걸린 점퍼 주머니에서 나왔다.

"아이구야. 부재중 전화가 70통이나 와 있네. 이거 완전히 스토커 수준이네. 전화를 안 받으면 그럴 사정이 있는가 보다 하고 말면 될 것을."

짱구 형은 아빠에게 문자를 보냈다. 그러자 득달같이 아빠에게서 전화가 왔다.

"어디긴 어디예요. 집이지. 아파서 못 갔어요. 우리 집에 왔었다고요? 병원 갔을 때 왔었나 보네요. 아, 진짜 소리 좀 지르지 마세요. 내일은 간다고요. 그리고 오늘 서일이 우리 집에서 자고 가라고 했어요. 무식하게 이 시간에 여길 보내면 어떻게 해요? 아무튼 그렇게 알고 계세요. 이제부터 잘 거니까 전화하지 마세요."

짱구 형은 할 말을 마치고 전화를 끊었다.

"라면 먹을래?"

짱구 형이 일어났다. 짱구 형 뒤에 있던 소주병 세 개가 눈에 들어왔다. 모두 빈 병으로 보였다.

나는 라면을 끓이는 짱구 형 뒷모습을 바라봤다. 무슨 일이 있는 거 같았다. 그렇지 않고서야 짱구 형이 술을 마셨을 리 없다.

짱구 형은 술을 마시지 않는다. 유난히 더웠던 지난여름 어느 날, 황 씨 아저씨가 짱구 형에게 시원한 캔 맥주를 마시라고 준 적이 있었다.

"저는 술 안 마십니다. 제 가게를 오픈하는 날 축하주를 하는 그때까지는 절대로!"

그때 짱구 형은 이렇게 말했었다. 황 씨 아저씨는 맥주 한 캔이 무슨 술이냐고 갈증을 해소하는 음료수라고 생각하고 단숨에 마시라고 재차 권했지만 짱구 형은 단호하게 고개를 저었었다. 맥주 한 캔도 거부하던 짱구 형이 무슨 일로 소주 세 병을 마셨을까. 아파서 병원에 다녀왔다는 말은 거짓말 같았다.

라면을 먹고 자리에 누웠다. 따뜻한 국물이 들어간 탓인지 등으로 전해지는 냉랭한 기운도 참을 만했다. 고단함이 밀려왔다. 까무룩 잠이 들려는 찰나 무슨 일인지 나는 눈을 번쩍 떴다. 방 안은 고요했다. 내가 무엇에 놀라 깼는지 모를 일이었다. 다시 눈을 감는데 짱구 형의 뒤척임이 느껴졌다. 숨을 죽이고 있다가 가끔씩 내뱉는 조심스러운 숨소리, 침 넘기는 소리, 그리고 훌쩍이는 소리.

다시 잠은 들지 않고 정신은 점점 또렷해졌다. 모든 오감은 짱구 형을 향했다. 짱구 형이 울고 있다. 빈 소주병과 짱구 형이 우는 이유가 무관하지 않을 듯했다.

몇 시쯤 되었을까. 시간을 가늠하기도 힘들었다. 그런데 하필이면 오줌이 마려웠다. 참아야 한다고 생각하니 더 참을 수가 없었다. 방광이 터지기 직전 조심스럽게 일어났다.

"왜?"

짱구 형이 물었다.

"화장실."

"문 열고 나가면 맞은편에 있어."

운 거 맞다. 목소리가 말해주고 있었다.

화장실 문에는 빨간 페인트로 '화장실'이라고 크게 쓰여 있었다. 볼일을 보고 방으로 돌아와 자리에 누웠다.

"서일아. 왜 안 자냐?"

얼마 후 짱구 형이 물었다.

"……."

"나는 서일이 네가 하고 싶은 말은 좀 했으면 좋겠다. 물론 사장님이나 화천이모 구름이 이모한테 주워들은 정보로 네가 왜 그러는지 대충 알기는 하지만 말이다. 귀 닫고 입 닫고 그러고 살면 편한 거 같아도 사실 그렇지 않아. 그러면 마음속에 가스 같은 게 차거든. 그 가스가 언제 어느 때 터질지 몰라. 그건 훨씬 더 위험한 일이야. 나도 너 같았었어. 버림받았다는 사실이 떠오를 때마다 참을 수가 없었어. 하지만 참을 수 없으면 뭐해, 누구도 내 이야기를 들어주려고도 하지 않았지. 도리어 버림받았다는 게 결점이 되어 학교에서 괴롭힘을 당했지. 내 편이 아무도 없는 걸 나는 너무나도 잘 알고 있었고 그래서 참았어. 참다가 보니 참는 것도 습관이 되더라. 하지만 어느 날 가슴속에 찼던 가스가 한 번에 터졌어. 어떤 새끼를 죽도록 두들겨 팼거든. 나보다 덩치가 훨씬 큰 놈이었는데 죽기를 결심하고 대들었던 거야. 그 새끼, 일 년이 넘도록 병원에 있었어. 처음에는 죽을지도 모른다고 했는데 후유증 없이 퇴원했지. 방귀를 뀌고 싶으면 그때그때 뀌어주어야지 참고 참으면 나중에는 더 지독한 방귀가 되는 거야. 그러니까 그 뭐냐, 언제 어느 때고 존재, 네 존재를 알리란 말이야. 나는 나다! 나는 여기에 있다! 너. 우리나라가 월드컵 4강에 나가던 날 만들어졌다며? 2002 월드컵 그거 우습게 보지 마라. 그거 대단한 거야. 그날 만들어졌다는 것도 기적이야. 아이고, 못 참겠다."

어둠 속에서 부스럭 소리가 들리더니 짱구 형이 패앵! 하고 코를 풀었다.

짱구 형 방에는 습도가 가득했다. 기분 나쁜 습도가 아니었다. 짱구 형이 말할 때마다 입에서 나오는 습도는 가슴을 따뜻하게 했다. 건조한 것에 익숙해 있던 내 몸의 세포들은 오랜만에 느긋하게 게으름을 피울 수 있었다.

11

아침 겸 점심으로 라면을 끓여 햇반을 말아 먹었다. 라면발을 당기면서 눈이 자꾸 빈 소주병에 갔다.

"왜 자꾸 그걸 쳐다보냐? 내가 왜 술을 마셨는지 궁금하냐?"

나는 대답 대신 피식 웃었다.

"그저께 바람맞았거든. 그 사람 만난다고 들떠서 새 옷에 새 양말에 스니커즈까지 쫙 빼고 나갔는데 약속 장소에 나타나지 않더라."

뜻밖이었다. 그동안 짱구 형이 연애를 하고 있었던 모양이다. 재주도 좋다. 휴무일이라야 고작 한 달에 두 번이다. 새벽이 되어서야 가게 일이 끝나고 점심 무렵이면 다시 출근을 해야 하는데 무슨 수로 시간을 빼내서 연애를 다 했을까.

"하지만 괜찮아. 바람맞았다고 해서 달라지는 건 없거든."

괜찮다고 말할 때 짱구 형 눈가가 붉어졌다. 괜찮지 않은 거 같았다.

"내 이름이 오장구인 거도 변하지 않는 거고 그 사람이 이지숙인 것도 변함없으니까. 빨리 먹어라. 오늘 좀 일찍 출근해야겠다."

짱구 형이 서둘렀다.

날씨가 기막혔다. 구름 한 점 없는 파란 하늘에 눈부신 햇살, 전형적인 가을 날씨였다. 좁은 골목을 짱구 형과 어깨를 맞부딪치며 걸었다. 툭툭! 점퍼 부딪치는 소리가 경쾌하게 느껴졌다. 그때 문득 큰누나 레시피가 생각났다. 왜 갑자기 그게 지금 생각나는지 모르겠다. 나는 주머니에 처박혀 있던 레시피를 꺼내 짱구 형에게 내밀었다.

"뭐냐?"

"큰누나 레시피."

"저번에 했었잖아. 아휴, 나는 21년을 살아오면서 그런 맛은 처음 봤다."

"업그레이드했다는데……."

"그래? 큰누나가 너한테 만들어보라고 부탁했어?"

"구름이 이모한테 전해 달라고."

"그러지 뭐."

짱구 형은 레시피를 받아 바지 주머니에 넣었다.

"죽은 줄 알았더니 살아 있어서 반갑다."

길길이 뛸 줄 알았던 아빠가 짱구 형을 반갑게 맞았다.

"있을 때 잘하세요, 있을 때."

짱구 형은 의자에 앉아 허리를 젖히며 거드름을 피웠다. 아빠가 '미친놈' 이러면서 짱구 형 머리를 쥐어박았다.

본격적인 장사가 시작되기 전 구름이 이모가 큰누나 레시피대로 치킨을 만들었다. 짱구 형은 큰누나 레시피라는 것을 비밀로 했다. 어젯밤 갑자기 생각나서 만든 레시피이고 어쩌면 똥집양념바비큐의 뒤를 이을 대단한 치킨이 태어날 수도 있다고 말했다.

아빠는 치킨 냄새에서 어쩐지 큰누나의 냄새가 난다고 의심스러워했지만 짱구 형은 시치미를 뚝 뗐다.

치킨이 완성되었을 때 비밀로 하길 잘했다는 생각이 들었다. 큰누나! 아무래도 치킨하고는 거리가 좀 있다. 그냥 아빠 말대로 대학원에 가고 박사가 되는 게 더 낫지 않을까. 그나저나 큰누나에게 이 결과를 어떻게 알려주나 걱정이었다. 많이 실망할 텐데.

저녁에 오랜만에 단톡방이 울렸다.

–서일아, 휴대폰으로 사진 한 장 전송될 거야.

톡을 확인하는 것과 동시에 사진이 전송되었다. 별 생각 없이 사진을 확인하다 멈칫했다. 나는 얼른 휴대폰을 주머니에 넣었다. 얼핏 보았지만 3502호 여자가 분명했다. 아파트 현관문을 반쯤 열고 몸을 내미는 3502호 여자는 아슬아슬한 슬립 차림이었다. 키가 커서인지 더욱 위험스러운 아슬아슬함이었다. 3502호는 그 차림으로 한 손을 흔들며 웃고 있었다.

영준이가 왜 이런 사진을 나에게 보냈는지 아무리 생각해봐도 모를 일이었다.

잠시 후 영준이가 전화를 했다.

"지금 내가 전화번호 하나 보낼 거거든. 거기로 그 사진 보낸 다음 너는 바로 휴대폰을 변기 속에 집어넣어. 할 수 있지?"

"뭐? 왜 변기 속에 넣어?"

보통 영준이 말에는 '응' '알았어' 간단하게 대꾸했었지만 너무 놀라워 나도 모르게 튀어나온 말이다.

"내가 보낸 전화번호로 그 사진을 전송하고 네 휴대폰은 변기 안에 넣어버리라고."

영준이는 내 말에는 대답하지 않고 다시 한 번 또렷하게 말했다. 영준이 목소리가 답답할 정도로 건조했다. 영준이가 시키는 대로 해도 문제가 생기지 않을 거라는 안도감이 들었지만 멀쩡한 휴대폰을 변기 속에 넣으라는 것은 도무지 납득할 수가 없었다. 휴대폰이 없으면 답답할 텐데. 그래서 선뜻 그렇게 하겠다는 대답이 나오지 않았다. 그리고 내 정보를 감추고 싶으면 발신자 표시 제한으로 영준이가 직접 보내면 되는 거 아닌가.

"발신자 표시 제한이나 엉뚱한 번호를 쓰면 내가 그런 줄 알거든.”

영준이가 내 마음을 알아차렸다. 다른 날보다 구체적인 설명이었다.

“변기 속에 푹 담그고 고장 나게 만들어. 새 휴대폰은 내가 사줄게. 그리고 새 휴대폰을 살 때 전화번호도 바꿔버려.”

역시 습도 0퍼센트의 건조한 목소리였다.

“응.”

새로 휴대폰까지 사주겠다는데 대답하지 않을 수 없었다. 또 싫다고 할 이유도 없었다.

다시 봐도 3502호 모습은 민망스러웠다. 자동차를 긁었다며 목젖이 다 보이도록 고래고래 악을 쓰던 3502호에게 이런 모습이 있었다니.

나는 화장실 안에서 영준이에게 전화번호가 올 때까지 대기했다. 얼마 후 영준이가 전화번호 하나를 보냈다. 전화번호를 누르는데 손이 떨려 자꾸 번호가 엇나갔다. 겨우 사진을 첨부하고 보내기를 눌렀다.

하지만 휴대폰을 변기 안에 집어넣는 것은 쉬운 일이 아니었다. 이걸 정말 넣어야 하나, 전화가 오면 받지 않으면 그만 아닌가, 갈등하고 있을 때 전화벨이 울렸다. 나는 소스라치게 놀라 전화기를 변기 안에 넣었다.

변기 뚜껑을 닫고 그 위에 앉아 있다가 한참 후에 휴대폰을 건졌다. 먹통이 되었는지 어쨌는지는 확인하지 않았다. 보나마나 먹통이 되었을 거다. 나는 휴대폰에 묻은 물을 대충 셔츠에 문지르고 주머니에 넣었다.

짱구 형은 날아다녔다. 다른 날보다 몸놀림이 더 날렵했고 목소리도 컸다. 별로 우습지 않은 일에 목을 젖히고 미친 듯 웃었고 서비스를 주지 않아도 될 곳에 서비스라며 닭껍질 튀김을 푹푹 퍼주었다.

나는 그런 짱구 형을 보면서 짱구 형의 마음을 조금은 알 수 있었다. 짱구 형은 울고 싶은데 그걸 참기 위해 저러는 거다. 생전 하지 않던 결근을 하고 소주 세 병을 해치운 걸 보면 딴에는 엄청나게 심각한 일일 거다. 일부러 웃고 큰소리 내며 몸을 더 움직이며 그걸 잊으려고 하는 거다.

밤 열두 시가 되자 홀에 있던 마지막 손님이 돌아갔다. 짱구 형도 그 즈음 배달에서 돌아왔다. 조금 일찍 가게를 정리했다.

"아이고 허리야, 다리야. 나는 먼저 들어갈란다. 짱구랑 서일이가 문단속해라."

아빠가 죽는 소리를 하며 엄마와 들어가고 구름이 이모와 화천이모도 주방을 정리하고 퇴근했다.

"서일이 너 먼저 가라."

문을 닫으려는데 짱구 형이 냉장고에서 소주를 꺼내들어 의자에 주저앉았다. 짱구 형은 소주를 병째 마셨다. 벌컥벌컥! 마치 물을 들이키는 듯했다.

나는 짱구 형 맞은편에 앉았다.

"왜?"

짱구 형이 소주병에서 입을 뗐다.

"그냥……."

"피곤한데 들어가라니까."

짱구 형이 다시 소주를 들이켰다.

나는 주방으로 가서 오이와 당근을 썰어 쌈장과 함께 내왔다. 짱구 형이 피식 웃었다.

"서일아. 너 바람맞아본 적 있냐?"

짱구 형이 물었다.

나는 고개를 저었다. 17년을 살면서 단 한 번도 누구를 좋아해본 적이 없다. 그 누군가와 만나자고 약속이라는 것도 해본 적 없다. 당연히 바람이라는 것을 맞아본 적도 없다.

"바람을 맞으니까 가슴속으로 찬바람이 불더라."

바람을 맞아본 적은 없지만 짱구 형 말은 이해가 되었다. 기다리고 기다렸는데 상대 쪽에서 약속을 깼을 때 그럴 수도 있겠다 싶었다.

나는 소주 한 병을 더 내오는 짱구 형을 물끄러미 바라봤다. 짱구 형이 누구를 좋아했는지는 모르지만 잘되었으면 더 좋았을 것을.

짱구 형은 두 병으로도 부족했는지 한 병을 더 꺼내 마셨다. 나는 짱구 형 손에 당근을 쥐어주었다.

"자식. 나는 네가 이래서 좋다니까."

짱구 형이 내 머리를 마구 헝클어뜨리며 웃었다.

소주 세 병을 마시고 난 짱구 형은 탁자에 엎드렸다. 죽은 듯 엎드려 있던 짱구 형의 어깨가 어느 순간 흔들렸다. 나는 왜 우느냐고 묻지도 않았고 그만 울라고 위로하지도 않았다. 짱구 형이 끄억끄억 울고 나서 두 주먹을 꼭 쥐어 탁자를 칠 때까지 지켜보기만 했다.

"서일아, 사실은 말이다."

짱구 형 혀가 꼬이고 있었다.

"그저께 우리 엄마를 만나기로 했었거든. 이지숙 씨. 보육원 원장님한테 연락을 받았을 때 내가 얼마나 기뻤는지 알아? 행복해서 미치는 줄 알았어."

탁자를 짚은 짱구 형의 두 주먹이 파르르 떨렸다. 그래서 새 옷을 사고 신발을 사고 양말을 샀구나.

"그런데 끝내 약속 장소에 나타나지 않았어. 기다려도, 아무리 기다려도 오지 않았어. 먼저 약속해 놓고 나오지 않았다고."

짱구 형이 울먹였다. 어깨가 흔들리고 턱이 떨리더니 눈물이 뺨을 타고 주르르 흘렀다. 나는 휴지를 뜯어 짱구 형 손에 쥐어주었다.

"자식. 나는 네가 이래서 좋다니까."

짱구 형이 주먹으로 내 배를 살짝 쳤다.

"하지만 괜찮아."

짱구 형은 다시 냉장고를 열고 소주 한 병을 꺼냈다. 그만 마시라고 말려야 할 거 같은데 그럴 수가 없었다. 그러기에는 짱구 형 어깨가 너무 무거워 보였다. 저 무거움을 털어낼 게 소주밖에 없다면 마셔야지 별 수 없을 거 같았다.

짱구 형은 네 병째 소주를 마시기 전에 이미 취해 있었다. 꼬부라지는 혀로 짱구 형은 쉬지 않고 이야기를 했다.

"우리 엄마가 말이야. 열다섯 살에 나를 낳았다고 하더라고. 아마 중학생 때였겠지? 열다섯 살 엄마는 나를 보육원에 맡긴 거지."

짱구 형은 고등학교를 졸업할 즈음 그 사실을 우연히 알게 되었다고 했다. 버림받았다는 것에 대한 원망을 가지고 있던 짱구 형이었지만 자신을 낳은 엄마가 열다섯 살이었다는 말에 이상하게도 그 원망이 눈 녹듯 사라졌다고 했다.

무서웠을 거라고, 세찬 바람이 부는 날, 낭떠러지 끝에 서 있는 거 같았을 거라고, 이 세상에 단 한 명도 내 편이 없는 막막함에 외로웠을 거라고, 그런 생각이 들자 열다섯 살 엄마가 가엾게 느껴지기 시작했다고 한다.

"처음에는 가엾다는 생각만 들었었는데 나중에는 모든 일이 그럴 만한 이유가 있었을 거라는 마음이 드는 거야. 나를 가질 때도 낳을 때도 그만한 이유가 있었을 거라는 거지. 어느 순간 그 선택을 존중해주어야겠다는 생각이 들었지. 참 이상하게도 그날 이후로 열심히 살아야겠다고 다짐했다. 열다섯 살 엄마의 선택을 존중하면서 내 스스로도 존중하게 되었다고 할까? 그 뒤로 어둠처럼 내 마음을 점령하고 있던 미움덩어리가 사라졌고 내가 참 예뻐보이는 거 있지, 히히히. 가스가 차면 바로바로 뀌기 시작한 것도 그때부터야. 더 일찍 엄마 소식을 들었더라면 나한테 뒤지라고 맞았던 그 새끼, 맞지 않아도 되었을 텐데. 아, 내가 무슨 말을 하고 있는 거야? 이렇게 어려운 말을 지껄여도 되는 거야? 우욱."

짱구 형이 바닥에 쪼그리고 앉아 목을 늘어뜨리고 구역질을 해댔다.

"얼마 전에 엄마가 만나고 싶어 한다고 원장님한테 연락이 왔어. 그래서 약속을 잡았지. 아마 나오지 못할 이유가 있었을 거야. 아쉽기는 하지만 그 이유도 존중해. 나를 잊지 않고 연락을 한다는 것만으로도 엄마는 스스로의 선택을 후회하고 있는 게 아니거든. 나라는 존재를 존중하고 있는 거지. 그것만으로 내가 열심히 살아가야 할 이유가 충분해. 우웩웩."

짱구 형 혀는 점점 더 꼬부라지고, 그 꼬부라진 혀로 끊임없이 말하며 바닥에 배에 들어 있는 것을 모두 토해냈다.

12

교실을 들어서는데 뭔가 이상한 기운이 느껴졌다. 나를 본 설아가 발딱 일어나 나를 향해 걸어왔다. 아침부터 또 조종하는 아이가 누구냐고 따지려고 그러나 생각하는 찰나

짝.

설아의 손바닥이 내 오른쪽 뺨을 치고 지나갔다. 눈앞에서 번갯불이 번쩍했다. 얘가 보자보자 하니까 사람 뺨 때리는 거를 무슨 장난하듯 하나 싶어 부아가 치밀었다. 지렁이도 밟으면 꿈틀한다고 했다. 나는 설아를 노려봤다.

"찌질이도 여러 가지더라. 그래놓고 전화는 왜 안 받아?"

다짜고짜 남의 뺨을 후려쳐놓고 설아는 도리어 자기가 화를 냈다. 설아의 손바닥이 또 허공을 향해 올라갔다. 나는 설아 팔목을 잡았다.

"어쭈. 이거 안 놔."

설아가 팔목을 빼려고 안간힘을 썼다. 나는 설아 팔목을 보

란 듯 더 으스러지게 잡았다.

"담임한테 넘겼지?"

그때 제 책상 모서리에 엉덩이를 걸치고 있던 수경이가 물었다.

"당연하지."

설아는 분을 못참겠다는 듯 다시 팔목을 비틀어 빼려고 했다. 절대 못 놔준다. 남의 뺨을 왜 때렸는지 그 이유를 말하기 전에는.

"꼴에 보는 눈은 있어가지고."

수경이가 다리를 건들거리며 비아냥거렸다.

"재수 없어."

설아가 악을 쓰며 몸을 틀었다. 그러거나 말거나 나는 설아 팔목을 놓지 않았다.

하나둘 교실로 들어오던 아이들이 구경난 듯 나와 설아 옆으로 몰려들었다. 그때 기승이와 준이도 들어왔다.

"월요일 아침부터 무슨 일이냐?"

누군가 물었다.

"저 찌질이가 일을 하나 쳤지."

수경이가 말했다.

"무슨 일인데?"

"서일이가 무슨 일 칠 주제나 되냐?"

"야, 너 서일이를 너무 얕잡아보는 거 아니냐? 그렇게 말하는 것보다는 서일이같이 너무 착한 애가 무슨 일을 치냐, 이렇게 말해야 인간미 넘치지."

아이들이 지들끼리 말을 주고받으며 킥킥거렸다. 무슨 일인지는 별로 궁금해하지도 않는 눈치였다. 도리어 별것도 아닌 일에 설아가 씩씩거리며 과잉 대응하는 것이 아니느냐는 듯한 눈빛들이었다.

"모두들 나서일한테 속고 있어. 겉으로는 멍청한 척하면서 속으로는 완전 양아치야. 나한테 무슨 사진을 보낸 줄 알아? 아, 재수 없어, 짜증 나. 자존심 상해."

사진이라는 말에 아이들 눈빛이 달라졌다.

"무슨 사진인데?"

약속이나 한 듯 여럿이 한목소리로 물었다. 내가 설아한테 무슨 사진을 보냈는데? 나는 어리둥절했다. 그런 적 없다.

"혹시 그런 거?"

아이들의 관심이 급상승했다. 눈들이 반짝반짝 빛났다. 그때였다. 뭔가 무거운 것이 머리를 내리치는 듯 정신이 번쩍 들었다. 토요일에 영준이가 전송해준 사진이 떠올랐다. 설마 내가 잘못 보냈나? 나는 기억을 더듬었다. 영준이가 전송해준 사진은 영준이가 보내라는 번호로 보냈다. 설마 그 전화번호가 설아 전화번호? 에이. 그럴 리가.

"그래, 그런 거다."

설아가 또렷하게 말했다.

-우우우우우우우.

교실이 야유와 호기심이 뒤섞인 함성으로 터질 듯했다.

"에이, 설마. 서일이가 그런 짓을 했을 리가. 설아 네가 뭘 잘못 봤겠지."

기승이가 끼어들어 한마디 했다. 그러자 아이들은 그래, 무턱대고 믿을 수가 없으니 일단 그 사진을 증거로 한 번 내놔봐라, 두 눈으로 보고 나서 서일이를 욕하든 칭찬하든 하자, 이랬다.

"그걸 보여 달라고?"

"봐야지 우리가 네 편을 들든 서일이 편을 들든 판단을 할 거 아니냐?"

여기저기서 킥킥거리는 소리가 들렸다.

"좋아. 보여달라면 못 보여줄 거 같아? 이 손 놔. 휴대폰 가방에 있단 말이야."

설아가 손목을 비틀었다.

-놔줘라! 놔줘라!

아이들이 입 모아 외쳤다. 어쩔 수 없이 설아 손목을 놔주었다.

"휴대폰 잃어버렸다고 해. 토요일 아침에."

설아가 자리에 간 틈에 기승이가 옆으로 지나가는 척하며 속삭였다. 그러면서 이렇게 소리쳤다.

"나는 서일이가 그렇지 않았다는 것에 한 표!"

나는 영준이가 왜 단톡방을 만들었는지 오늘 확실히 알 수 있을 거 같았다. 자세한 것은 개인 톡으로 하지만 굳이 단톡방에 간단하게나마 정보를 공유하는 이유를 말이다. 언제 어느 때 무슨 일이 생기게 되면 그게 어떤 일인지 원인 정도는 알고 있으라는 뜻이다. 그리고 한편으로서의 기지를 아낌없이 발휘하라는 뜻이다. 준이 때 그랬고 오늘도 그렇다.

다행히 변기통 물에 푹 담갔던 휴대폰은 두고 왔다. 새 휴대폰은 영준이가 사준다고 했으니 버릴 작정이었다.

설아가 사진을 열자 순식간에 새까만 머리통들이 설아 휴대폰으로 향해 대들었다.

"별것도 아니고만."

준이 목소리였다.

"뭐야, 시시해. 야, 이 정도 가지고 그 호들갑이냐? 속옷 광고 모델보다 덜 야하네. 서일이가 보냈든 안 보냈든 완전 실망이다. 공연히 기대했네."

기승이었다. 준이와 기승이 말에 아이들이 하나둘 맞장구를 쳤다. 공연히 가슴까지 떨리면서 기대했다고, 이렇게 사람을 실망시켜도 되느냐면서 말이다.

"내 말은!"

설아가 두 주먹을 불끈 쥐고 교실 바닥을 쾅쾅 굴렀다. 설아 목에 파릿하니 힘줄이 도드라졌다.

"저 새끼가 왜 나한테 이런 사진을 보냈느냐는 말이야. 왜!

왜! 나한테 보냈느냐고. 자존심 상해, 자존심 상해 죽겠다고."

설아는 휴대폰을 내 눈앞으로 내밀었다. 순간 심장이 뚝 떨어지는 듯했다. 저 사진이 왜 설아 휴대폰에 있담.

'영준이가 설아 번호를 알려준 건가?'

영준이가 왜?

그때 영준이가 교실 뒷문으로 들어왔다. 영준이는 놀란 눈치였다. 모두 다 영준이의 계획대로 벌어진 일인데 아무것도 몰랐다는 듯, 낯선 교실 풍경에 당황했다는 듯 영준이의 표정 연기는 일품이었다.

"그런데 한 가지 궁금한 거! 서일이가 설아 네 전화번호를 어떻게 알고 사진을 보냈어? 그리고 설아 너는 사진을 보낸 전화번호가 서일이 전화번호라는 것을 또 어떻게 알았어? 서로 전화번호 주고받고 하는 사이였냐?"

누군가 물었다.

그 말에 아이들은 웅성거렸다. 설아는 당황해했다. 하지만 그것도 잠시 곧 설아 얼굴에서는 당황한 빛이 사라졌다.

"저번 커닝 사건 때 나서일이 내 책상 밑에 종이를 붙였다고 그랬잖아. 그 문제 때문에 내가 서일이 전화번호를 알아냈어. 치킨집에 직접 찾아가기도 했었고, 전화도 했었어. 전화를 안 받아서 통화는 못했지만. 아마 내 전화번호인 걸 알고 있으니까 안 받은 거겠지. 그리고 이런 사진이나 쓱 보내고. 저질."

그때 마침 담임이 들어왔다.

설아가 나한테 전화를 했었다고? 내가 설아 전화인 걸 알고 안 받았다고? 그런 기억이 없는데? 진짜 환장하겠다.

조례가 끝나고 담임이 교무실로 불렀다. 담임의 의자로 아침햇살이 길게 내려앉았다. 담임은 햇살을 깔고 앉아 휴대폰을 뒤적였다.

"이 사진 말이다. 네가 보냈냐? 아아, 내가 뭘 묻고 있는 거야. 발신자 번호가 증거인데. 휴대폰 내놔 봐라."

담임 목소리는 평소와 마찬가지로 건조했다. 귀찮다는 듯 미간을 약간 찡그렸다. 사건이 터졌을 때 나도 모르게 일어나 방어하는 세포들이 툭툭 몸을 세웠다. 나는 태연하고 무표정한 표정을 지었다.

"없어요."

"없어? 교실에 있냐? 교실에 가서 가져와."

"잃어버렸어요."

"잃어버려? 언제?"

담임 얼굴이 일그러졌다.

"토요일 아침……."

단톡방의 위대함이 느껴졌다. 만약 아까 그 상황에서 대처해야 할 방법을 기승이가 알려주지 않았다면 곤란할 뻔했다. 아마 변기통에 빠뜨렸다고 말했을 수도 있다. 물속에 빠졌다고 해서 휴대폰이 완벽하게 고장 난 거라고는 확신할 수 없다. 복구할 수도 있다는 말이다. 그것보다야 잃어버렸다는 게 완벽했다.

잃어버렸다는데, 그것도 설아에게 사진을 전송하기 전에 잃어버렸다는데 담임은 더 이상 추궁할 수 없었다.

"그럼 네 말에 의하면 토요일 아침에 휴대폰을 잃어버렸고 누군가 네 휴대폰을 주워서 설아에게 그런 사진을 보냈다, 이 말이네? 왜 굳이 설아한테? 잃어버린 거 확실해?"

다그치면서도 목소리에는 습도가 없었다. 다시 한 번 말하지만 습도가 없다는 것은 곰팡이가 슬 염려가 없다는 것과 같다. 담임은 어서 이 문제를 빨리 해결하고 싶은 마음일 거다.

"하긴 뭐. 이 정도 사진은……."

담임은 말끝을 흐렸다.

담임의 말을 들은 설아는 거짓말이라면서 방방 뛰고 내 휴대폰 내역을 알아내자고 했다. 토요일 아침 이후 통신 기록을 찾아보면 내가 거짓말을 했는지 아닌지 확인할 수 있다고 했다.

담임은 설아를 달랬다. 사람이 죽은 것도 아니고 다친 것도 아니며 또한 사람이 죽고 사는 문제도 아니고 그 정도 사진 한 장 보낸 거 갖고 그렇게까지 할 필요가 있겠느냐고, 그냥 호기심 많은 놈의 장난이려니, 길가다 똥 한번 밟았네 하고 넘어가자고 말이다. 통신 기록을 까보고 어쩌고 하는 것이 그리 간단한 문제도 아니라는 말도 덧붙였다.

설아는 분을 삭이지 못하겠는지 하루 종일 나를 못 잡아먹어 안달이었다. 노려보고 쏘아보고 대놓고 욕도 하고 하루가 지겹도록 길었다.

"황설아. 너 서일이 너무 깔보지 마라. 우리 할머니가 그러는데 젊은 애들은 함부로 평가하는 게 아니란다. 아직도 살 날이 많아서 언제 어느 때 어떻게 바뀔지 모른다고 말이다. 나서일은 고작 열일곱 살인데 혹시 아냐, 나중에 서일이가 네가 빌리는 건물의 건물주가 되어 있을지. 그때 가서 세 좀 깎아 달라고 애원할 일이 생길 수도 있다는 얘기지."

기승이가 설아에게 한마디 했다. 기승이의 말은 설아를 더 폭발하게 했다. 자기가 어딜 봐서 남의 건물 빌려서 세를 살 거 같으냐고 말이다. 지금 공부를 죽어라고 하는 이유가 뭔데 그렇게 사느냐고 말이다. 그런 일은 절대 없을 거라고 악담 같은 거는 주머니에 넣어두라고 했다.

"야, 우리는 백이십 세 시대다. 아직 백 년 정도를 더 살아야 하는데 그걸 네가 어떻게 장담해?"

설아가 팔팔 뛰면 그만하면 좋았을 것을 기승이는 또 설아 약을 올렸다. 그 바람에 내 하루는 더 고되고 힘들고 벅찼다.

수업을 마치고 나올 때 먼저 나간 영준이가 교문 앞에서 기다리고 있었다. 영준이는 따라오라는 눈빛을 보내고 앞장섰다. 사람이 뜸한 길로 간 영준이는 그제야 걸음을 멈췄다.

"사진, 어떻게 된 거야?"

영준이는 다짜고짜 물었다. 영준이 목소리가 이렇게 격양된 것은 처음이었다. 나는 영준이가 무엇을 묻는 건지 알 수 없었다.

영준이가 보내준 전화번호로 사진을 전송했는데 그게 설아 전화번호였다. 네가 나한테 그러라고 시킨 거잖아, 이 말이 가슴속에서 쾅쾅 울렸다.

"내가 보낸 사진을 왜 황설아한테 보내? 내가 보내라고 한 번호로는 안 보낸 거야?"

영준이가 무슨 말을 하는지는 잘 이해가 되지 않았지만 뭔가 잘못되었다는 것은 직감적으로 알아차렸다.

'설아가 나한테 전화를 했었다고 했지? 그럼 혹시 부재중 전화로 떠 있었나?'

기억을 더듬었다. 화장실 안에서 사진을 전송할 때 모습이 흐릿하게 떠올랐다. 영준이가 보낸 전화번호를 황급히 외워 사진첨부 후 받을 번호에 찍어 넣었었다. 손이 바들바들 떨리기는 했지만 분명하다.

"휴대폰은?"

"변기통에 넣었다가 집에 두고 왔어."

"휴대폰 가지고 지하철 역 앞으로 나와."

13

"요즘 휴대폰 좋아요, 아니지 기술이 좋은 건가?"

서비스 센터 직원은 먹통인 휴대폰을 간단하게 원위치 시켰다. 통신 정보도 하나 날리지 않은 완벽한 원위치였다. 서비스 센터에서 나와 건물 벽을 마주보고 서서 휴대폰을 확인했다.

실수였다. 사진은 엉뚱한 전화번호로 보내졌다. 물론 엉뚱한 전화번호는 설아 전화번호인 거다.

영준이가 사진을 전송하라고 보내준 휴대폰 앞자리 숫자 네 개가 설아 앞자리 숫자 네 개와 일치했다. 010-6767! 바들바들 떨리는 손가락으로 6767까지 찍어 넣다가 실수로 설아에게 보낸 거다. 부재중으로 찍혀 있던 설아 전화번호 때문인 거 같았다. 영준이가 설명하는데 내가 저지른 엄청난 실수에 혼이 나가 귀에 제대로 들어오지 않았다. 귀밑이 후끈거리기 시작하더니 정수리가 뜨거워졌다.

'앞으로 설아 얼굴을 어떻게 보나?'

그것은 설아를 커닝범으로 몰아넣은 것보다 나에게는 더 충격적인 일이었다.

"다시 해. 내가 보는 앞에서. 아니다, 휴대폰 이리 줘."

영준이는 지하철역 화장실로 갔다.

영준이는 직접 내 휴대폰으로 사진을 전송했다. 전화번호를 찍는 속도가 빠른 거로 봐서 잘 아는 사람의 전화번호 같았다. 사진을 전송한 영준이는 조금의 망설임도 없이 내 휴대폰을 변기 속에 집어넣었다. 잠시 후 휴대폰을 꺼낸 영준이는 세면대 물을 틀어놓고 휴대폰을 샤워시켰다. 휴대폰 샤워는 50대 남자가 화장실로 들어오는 순간 끝났다.

"새 휴대폰 하나 사줄게. 번호도 바꿔."

영준이는 화장실에서 나갔지만 나는 영준이를 따라나가지 못했다. 설아에게 상상할 수조차 없는 실수를 했다는 수치심과 거리낌 없이 남의 휴대폰을 변기에 집어넣고 그것도 모자라 샤워까지 시키는 영준이 모습에 설명할 수 없는 공포심 같은 것도 느껴졌다. 돌멩이 하나 던지듯 아무렇지 않은 얼굴로 가볍게 휴대폰을 던지던 영준이 모습. 변기에 넣을 거라고 예상은 했지만 충격이었다.

"왜? 궁금해서 그래? 내가 그 여자 사진을 왜 찍었고 누구한테 그 사진을 보냈는지?"

영준이가 이렇게 어떤 일에 대해 이렇게 자세히 말하는 거는 처음이었다. 물론 그것도 궁금하다.

"그 여자는 당해야 해."

말을 하는 영준이 표정이 새하얗게 변했다. 영준이의 작은 얼굴은 마치 석고상 같았다. 영준이는 하얗게 변한 얼굴빛 때문에 훨씬 붉게 보이는 입술을 지그시 깨물었다.

3502호가 나를 억울하게 만들었던 것은 사실이다. 치킨 한 마리 시키면서 온갖 짜증을 다 부리고 사람을 무시하며 모멸감까지 들게 했던 것 역시 사실이다. 그걸 영준이에게 들켰다는 것도 창피했다. 그런 기분은 처음이었다.

그것도 모자라 자동차를 긁었다는 죄까지 뒤집어씌우려고 했다. 물론 자동차는 누가 긁었는지 알고 있지만 말이다. 치킨을 배달하는 내가, 말도 제대로 못하고 우물거리던 내가, 그런 내가 만만해 보였으니까 무조건 뒤집어씌워려고 했을 거다. 나도 3502호가 말도 못하게 밉고 싫다.

하지만 솔직히 말하자면 비싼 수입차를 긁은 것만으로도 나는 만족한다. 복수는 그것만으로도 충분하다. 굳이 이렇게까지 하지 않아도 된다. 그런데 영준이는 성이 차지 않았던 걸까. 자기 말에 늘 복종하던 내 입장에서 볼 때 3502호를 더 곤혹스럽게 만들어야 한다고 생각했을까. 그 사진은 누구에게 보내진 걸까. 누구에게 보내졌든간에 3502호에게는 창피한 일이다.

이 부분에서 다시 한 번 궁금증이 생겼다. 영준이는 내가 Y아파트에서 영준이 저를 본 걸 알고 있을까? 3502호에게 복수를 하고 그걸 나에게 알려준 것을 보면 그런 거 같기도 하고 자기 입으로 꼭 집어 Y아파트니, 3502호니 말하지 않고 '네 문제 해결했다' 이렇게 끝낸 걸 보면 아닌 거 같기도 하고. 영준이는 내가 말하지 않아도 내게 일어난 일을 잘 알고 있다. 피환희도 그랬다. 나는 피환희가 나를 못살게 군다거나 때린다고 콕 집어 말하지 않았었다. 그런데 영준이는 피환희라는 것을 알고 있었다. 영준이는 내가 3502호에 대해서도 당연히 그렇게 생각하고 있을 거라고 믿을 수 있다. 영준이 혼자만 나를 본 거로, 나는 영준이를 못 본 거로.

"그 여자 집에 찾아오는 남자, 수시로 바뀌어."

영준이가 깨문 입술이 빨갛다 못해 퍼렇게 변했다.

"왜 그러는 줄 알아?"

영준이가 입술에서 이를 떼자 입술색은 무섭게 빠른 속도로 붉은색으로 돌아왔다. 나는 고개를 저었다. 영준이가 엄지손가락과 검지손가락을 맞붙여 동그라미를 만들어 보였다.

"돈?"

"맞아. 또 하나 명예욕. 그런 사람과 가깝게 지낸다고 해서 그 사람의 명예가 내 것이 되는 거는 아니지. 그런데 그렇게 생각하는 거지. 나는 있지, 그런 거 딱 질색이야."

영준이 얼굴이 일그러졌다.

"저주해."

영준이가 빠르게 계단을 올라가는 바람에 3502호 사진을 받은 사람은 누구냐고 물어보지 못했다.

"내가 어떻게 알고 있는지는 몰라도 돼. 나는 뭐든 다 아니까."

영준이는 끝까지 자기가 Y아파트에 산다는 말은 하지 않았다. 3502호와 같은 층에 산다는 말을 말이다.

영준이는 빳빳한 오만 원권 여러 장으로 휴대폰 값을 지불했다. 원래 내 휴대폰보다 신형이었다. 영준이 말대로 전화번호도 바꿨다.

"학교에서 허점을 보이지 마. 아무것도 아니야. 설아도 그 정도 사진으로 충격 같은 거 안 받아. 커닝 페이퍼 사건으로 너한테 복수도 하고 싶고 그러니까 괜히 호들갑 떠는 거지. 그래야 꽤 괜찮은 아이, 모범적인 아이로 보여지거든. 저번에 진로 상담 있을 때 설아가 기입한 걸 봤거든. 설아 꿈이 뭔지 알아? 의사야. 의사가 되겠다는 아이들 대부분이 왜 그 꿈을 꿀까? 히포크라테스 정신? 천만에, 돈을 잘 버니까 그런 거야. 돈의 노예들. 흥. 나는 설아가 의사의 꿈을 이루지 못하면 그 뒤에는 어떻게 할지 그것도 이미 다 알고 있어."

영준이와 헤어져 가게로 왔다.

영준이는 무슨 근거로 설아가 돈 때문에 진로를 선택했다고 단정할까. 그리고 먼 미래의 설아 삶에 대해 다 아는 것처럼 큰소리치는 근거는 뭘까. 영준이는 설아 문제는 아무것도 아닌 거라고 했지만 어쩐지 내 마음은 그렇지가 않았다. 다시 생각해도 쪽팔린다.

짱구 형은 가게 청소를 하고 있었다. 콧노래까지 흥얼거리는 모습에서 울고 토하던 모습은 찾아볼 수 없었다.

"좀 늦었네?"

짱구 형이 알은체했다.

"응."

아빠와 엄마가 보이지 않았다. 나는 턱으로 카운터를 가리켰다.

"사장님이랑 사모님이랑 인테리어 검사하러 가셨다. 작은누나가 가게 내잖아. 아, 너는 몰랐나? 하긴 나도 까맣게 잊어버리고 있어서 그 말을 듣는 순간 처음 듣는 말인 줄 알고 놀라기는 했다. 내가 한동안 다른 일에 얼이 빠져서 말이야. 작은누나, 네일숍 한다더라. 나는 편의점 정도로 생각했는데 네일숍이라니. 상상이 안 간다. 작은누나가 남의 손톱을 다듬어준다? 크크크크크 손톱 깎다가 손가락까지 잘라버리는 참사가 일어날까 걱정이다."

짱구 형의 걱정이 아주 틀린 걱정은 아니다. 치킨 접시 하나 제대로 못 날라 손님 머리에 쏟아 붓는 작은누나가 세심하게 자르고 갈고 칠하는 일을 잘 해낼 수 있는지는 나도 의문이었다.

가게로 돌아온 아빠는 예상대로 불만이 가득 찬 표정이었다. 들어간 돈에 비해 인테리어가 날림으로 되었고 쓸데없이 장식장은 수두룩하게 들여놨다고 말이다. 거기에다 춤추는 클럽도 아니고 노래방도 아닌 손톱 칠해주는 네일숍에 휘황찬란한 조명을 단 까닭도 이해를 할 수 없다고 했다. 아무리 생각해도 속은 거 같아 속이 쓰리다고 했다. 아빠가 아는 업체에 맡겼으면 지금 들어간 돈의 반의반밖에 안 들었을 텐데 공연히 작은누나에게 맡겼다가 사기를 당했다고 분해했다.

"이왕 해준 거 그냥 좋게 넘어가. 그러면 속이 편해?"

엄마가 듣다 못하고 짜증을 냈다.

"당신이 그러니까 문제……."

아빠가 맞받아치려는 순간 전화벨이 울렸고 배달 주문이 들어왔다.

"이 닭을 도대체 몇 마리 팔아야 인테리어 값하고 맞먹는 거야. 이야, 그때가 좋았지. 2002년 월드컵 시즌에는 돈을 막 긁었었지. 그때는 카드 쓰는 사람도 거의 없이 죄다 현금이었지. 그 시절 그 경기로 다시 한 번 돌아가면 소원이 없겠네."

전화를 끊으며 혼잣말을 하던 아빠가 갑자기 뭔가 생각났다는 듯 힐끗 나를 봤다. 나는 얼른 아빠를 외면했다.

"똥집양념바비큐 하나하고 마늘 프라이드 하나."

아빠는 주방을 향해 소리쳤다.

무심코 가게 밖을 바라보던 나는 소스라치게 놀랐다. 큰누나가 닐드를 안고 가게로 다가오고 있었다. 나와 눈이 마주친 큰누나가 손가락을 까닥였다. 나는 재빨리 밖으로 나갔다.

"서일이 네 전화 안 되더라."

그와 동시에 큰누나를 발견한 아빠가 뛰어나왔다. 아빠는 다짜고짜 큰누나를 가게 안으로 잡아끌었다.

"왜 왔어? 벌건 대낮에?"

아빠는 당황한 눈으로 가게 밖을 살폈다.

"에이. 사장님. 큰누나가 무슨 죄 지었어요? 대낮에는 밖에 못 나오게 하게? 부엉이도 아니고 밤에만 다녀야 해요?"

"시끄러."

아빠는 짱구 형에게 눈을 부라렸다.

"빨리 집에 들어가. 누가 보면 어쩌려고 그래?"

"아이고 세상에 비밀이 어디 있어? 큰애 귀국한 거 알 만한 사람은 다 알아. 그걸 굳이 비밀로 할 필요가 뭐 있어?"

엄마가 주방에서 내다보며 혀를 찼다.

주방에서 솔솔 풍겨 나오는 닭 튀기는 냄새에 닐드가 반응하기 시작한 것은 바로 그때였다. 닐드는 까맣고 반들거리는 코를 두어 번 벌름거리더니 큰누나 품에서 벗어나려고 발버둥쳤다.

"닐드 안 돼."

큰누나가 닐드를 꽉 끌어안자 닐드는 동네가 떠나가라 짖어 댔다.

"이놈의 개새끼 데리고 빨리 들어가. 어서."

아빠가 닐드를 향해 주먹을 들이대자 닐드는 유난히 뾰족한 송곳니를 드러내며 아빠를 향해 공격 태세를 갖췄다. 먹여주고 재워주고 털 깎으라고 돈 주는 사람 은혜도 몰라보고 지랄을 해라, 지랄을. 아빠가 닐드를 향해 주먹을 날리려는 찰나 큰누나가 몸을 틀었다. 그 바람에 아빠 주먹은 허공을 향해 날아갔고 중심을 잃은 아빠는 기우뚱거렸다.

큰누나가 나에게 한쪽 눈을 찡긋했다. 눈치 빠른 짱구 형이 나보다 먼저 큰누나 마음을 알아차렸다.

"어서 가세요, 어서."

짱구 형은 큰누나를 밀어내는 척하며 큰누나 손에 들려 있던 접힌 종이를 재빨리 받아냈다. 레시피가 분명했다. 지난번 레시피에서 업그레이드한 듯했다. 큰누나의 집념도 대단했다.

"안녕하쇼, 오랜만이네."

그때 거짓말처럼 신 의원이 나타났다. 오랜만에 본 신 의원은 예전보다 더 젊어진 듯 보였다. 오일을 바른 듯 번쩍번쩍 윤이 나는 얼굴은 불그스름하니 건강미가 넘쳤고 휑하던 정수리 부분은 머리털이 수북했다. 회춘을 해서 머리카락이 다시 난 건지 어쩐 건지 신기했다.

"어?"

신 의원이 무심코 큰누나를 바라보다 흠칫 놀랐다. 나는 그런 신 의원의 옆모습을 보며 마음속으로 놀랐다. 옆모습이 다른 듯 같은 듯 영준이와 닮아 있었다. 작은 얼굴에 날렵한 턱선을 가진 영준이와 반대로 신 의원은 넓적한 얼굴에 두툼한 턱선이었지만 정반대임에도 불구하고 옆얼굴에서 풍기는 분위기는 딱 영준이었다. 큰누나가 저번에 한 말이 떠올랐다. 영준이가 신 의원의 조카라는 사실을. 핏줄이라는 것이 저렇게 무심한 듯 닮는 거구나. 나는 꽤 커다란 깨달음을 얻은 듯 고개를 끄덕였다.

"미국에서 언제 귀국했나? 어떻게 공부는 마치고 국내 대학에 자리는 마련했고? 천재가 맞긴 맞나 보네. 그 빠른 시간 내에 공부를 다 마치다니. 나 사장이 말을 안 해 전혀 몰랐네."

아빠 얼굴이 말할 수 없이 복잡했다. 온갖 생각이 스치고 지나가는 듯했다.

"공부를 다 하기는 무슨. 지금도 계속하는 중이지. 할머니가 편찮으시다고 해서 잠깐 다니러 온 거지."

아빠가 말했다.

"할머니? 누구? 자네 어머니? 자네 어머니는 이미 돌아가셨지 않나?"

"에헤, 누가 우리 어머니라고 했나? 장모님, 우리 마누라 어머니 말이야. 너는 빨리 집에 들어가라. 미국 학교에 뭐 급한 메일 보낼 거 있다면서?"

아빠가 눈빛으로 큰누나를 다그쳤다. 큰누나는 허리를 굽혀 보이고는 돌아섰다.

"그런데 갑자기 뭔 일인가? 이 시간에 바쁘신 양반이?"

큰누나가 눈앞에서 사라지자 아빠는 평온함을 되찾았다. 신 의원이 의자 하나를 거칠게 빼더니 털썩 주저앉았다.

"별일 없지?"

신 의원은 아빠 눈치를 보는 듯하더니 가게를 둘러봤다.

"나야 늘 닭 장사하면서 잘 지내고 있지."

"음, 그래. 뭐 그렇겠지. 그런데 자네 Y아파트 알지? 그 아파트 한 채를 샀는데 도로 팔려고. 살 때는 웃돈까지 얹어주면서 샀는데 불과 일 년 만에 부동산 경기 사정이 완전히 바뀌었어. 안 팔려. 자네가 아는 사람이 많으니 혹시 Y아파트 살 사람 있나 좀 알아봐줘."

"으응? Y아파트도 샀었어? 그러면 도대체 자네 집이 몇 채인가?"

"어허, 함부로 그런 말 하지 말게. 집이 몇 채긴 몇 채야. 한 채지."

신 의원이 서둘러 눈짓을 보내며 아빠 입을 막았다.

"내가 자네처럼 건물이 있기를 하나, 뭐 하나. 나의 작은 기쁨이라면 아들이 행정고시에 합격한 거지."

신 의원은 아빠 약을 잔뜩 올려놓고 아파트 살 사람이 있는지 넌지시 알아봐 달라고 부탁하고 돌아갔다.

"내가 쪽팔려서 못 살아. 쪽팔려서 못 산다고."

아빠가 분을 못 이기는 와중에 짱구 형에게 큰누나 레시피를 받아든 구름이 이모는 치킨을 튀기고 있었다.

14

큰누나의 레시피는 성공적이었다. 누가 개발한 치킨인지 까맣게 모르는 아빠는 한 조각 맛보고는 평범에서 약간 벗어난 맛이라고 평가했다. 아빠가 그 정도 평가한 것은 맛이 괜찮다는 뜻이다. 나는 그 사실을 큰누나에게 전했고 큰누나는 레시피를 더 업그레이드해서 완전히 성공할 때까지 아빠에게는 비밀로 해 달라고 했다.

"누나는 진짜 세상에서 치킨을 제일 잘 만드는 사람이 되고 싶어?"

나는 기뻐하는 큰누나를 보며 처음으로 물어봤다. 그게 정말 큰누나의 꿈인지 아니면 맨해튼 거리에서 스카프를 팔던 닐드라는 남자에게 받은 상처를 치킨에 몰입하면서 잊고자 하는 건지. 만약 그 남자를 잊고자 하는 일이면 아빠 말대로 공부를 계속하는 것도 괜찮을 거 같았다. 비록 치킨 개발에 반은 성공했다 하더라도 큰누나에게는 여전히 공부가 더 어울린다. 내 눈에는 그랬다. 또 아빠가 시키는 대로 하면 건물 상속자 1위의 자리를 굳건하게 지킬 수 있다. 깊게 계산하지 않아도 나오는 답이다.

"응."

큰누나는 빙긋 웃으며 대답했다.

"왜?"

그러고는 물었다. 나는 대답 대신 고개를 저었다. 내 계산은 이러이러하다라는 말을 할 수 없었다.

"누나가 바보 같아?"

큰누나가 다시 물었다. 그건 아니다. 큰누나가 아빠에게 잡혀서 억지로 귀국했을 때도, 닐드라는 남자에게 보기 좋게 차였을 때도, 나는 큰누나를 단 한 번도 바보라고 생각해본 적 없었다.

"어렸을 때부터 엄마가 치킨 튀기는 걸 보면서 재미있다는 생각을 했어. 나도 해보고 싶었고 나는 더 맛있는 치킨을 만들 수 있을 거 같았지. 서일이 너, 내가 치킨 냄새에 얼마나 민감한지 모르지? 튀길 때 냄새만 맡아도 바삭할 건지 눅눅할 건지 알 수 있다니까. 그러니까 나는 음식을 만드는 데 소질을 가지고 태어난 거지. 미국으로 공부하러 갈 때도 공부를 마치고 돌아오면 아빠 말대로 대학교수가 되더라도 치킨은 만들어보고 싶었어. 서일아, 그거 알아?"

큰누나가 내 양쪽 어깨를 잡았다. 큰누나 얼굴이 진지해지는 바람에 나도 덩달아 진지한 표정을 지었다.

"아빠는 나를 한심하게 생각하고 공부를 계속하지 않으면 내 인생은 실패한 거라고 믿고 있을 거야. 하지만 나는 지금 내 존재에 대해 생각해볼 시간을 가지고 있는 거야. 대학교수가 되지 못하면 내 존재의 의미는 없는 건가? 어쩌면 지금까지는 그렇게 생각하고 살아왔을 수도 있어. 그걸 한 번 알아보려고. 남들이 볼 때 번듯하고 휘황찬란하고 자랑할 만한 그 길만이 존재의 가치가 있는 건지. 내가 가고자 하는 길이 남들 보기에 그저 그렇고 좁고 험한 길이면 존재의 가치가 없는 건지."

큰누나 말은 어려웠다.

"좋은 소식 전해줘서 고마워. 우리 막내, 2002 월드컵!"

큰누나가 내 머리를 마구 헝클어뜨리며 웃었다. 월드컵 얘기는 안 하는 게 더 나을 뻔했다.

가게로 왔을 때 아빠는 일을 나 몰라라 하고 술을 마시고 있었다. 주문을 받다가도 배달을 가다가도 신 의원이 떠올라 속이 쓰려 살 수 없다고 했다. 배달은 짱구 형과 내가 전담했다. 다리가 다쳤다는 이유로 드문드문 가까운 곳에만 배달을 나가고 노는 듯 쉬는 듯하는 아빠였지만 나는 도저히 아빠를 따라갈 수 없었다. 운동화 밑창이 타도록 달려도 배달은 밀렸다. 눈치 빠른 짱구 형은 내가 아빠에게 야단을 들을까 봐 먼 곳 배달을 가면서 가까운 곳에 배달할 것도 같이 들고 나갔다.

짱구 형이 치킨 네 상자를 들고 나가자마자 Y아파트에서 주문이 들어왔다. 전화를 내가 받았는데 A동이긴 했지만 다행히 10층이었다. 전화기 저편에서 Y아파트라고 말할 때 목소리가 3205호와 비슷해서 심장 떨어지는 줄 알았다. 하긴 3502호가 우리 집에 치킨을 다시 시킬 일은 없지만 말이다. 3502호의 자동차 사건도 사건이지만 그런 사진을 봐서 그런지 3502호 생각만 해도 목 뒤가 뜨거워졌다.

짱구 형이 돌아오기 전에 Y아파트에서 주문한 치킨이 나왔다. 나는 치킨을 들고 밖으로 나왔다.

만약 3502호와 맞닥뜨리는 일이 발생하면 어떻게 할 것인가 고민이 되었다.

Y아파트 입구에 들어서자 몸이 저절로 경직되었다. 사방에서 CCTV가 나를 지켜보고 있을 거다. 힐끔거리며 CCTV를 찾았다. 그러다 정신이 번쩍 들었다. 이런 모습을 CCTV에게 보여서는 안 된다. 만약 오늘 Y아파트에서 어떤 사건이 발생한다면 용의자로 지목될 가능성이 있다. 당당하게 걷자, 나는 치킨 배달을 왔다! 치킨 배달을 왔다! 나는 치킨상자를 두 손으로 받쳐 들고 A동을 똑바로 보고 걸었다.

1002호에 무사히 치킨을 배달하고 엘리베이터를 타려고 하는데 엘리베이터가 35층에 멈췄다 내려왔다. 원수는 외나무다리에서 만난다고 엘리베이터 안에서 마주치는 나와 3502호의 모습이 머릿속에 그려졌다. 나는 비상구로 향했다.

2층에서 한참 동안 서 있다 내려왔다. 엘리베이터는 18층을 올라가고 있었다.

Y아파트에서 나와 일단 길부터 건넜다. 무단횡단이었다. 어서 빨리 Y아파트에서 벗어나고 싶은 간절함 때문에 횡단보도까지 50미터 남짓 되는 길이 길어 보였다.

–퍽!

찬란한 가로등에서 벗어나 희미한 가로등 불빛 아래를 막 걸으려는 찰나 골목에서 새어나오는 소리에 걸음을 멈췄다. 퍽! 소리가 다시 한 번 들리고 신음소리가 들렸다. 아랫도리가 저릿해지며 가슴이 뛰었다. 짱구 형이 했던 말이 떠올랐다. 그 골목과 이 골목은 거리가 좀 있지만 그래도 안심할 수는 없다. 모른 척하고 빨리 지나가는 게 상책이다.

"몇 번 말해야 알아?"

뒤돌아서던 나는 낯익은 목소리에 걸음을 멈췄다. 누구지? 많이 듣던 목소리인데? 톤이 높고 약간 기름기가 겉도는 듯한 느끼한 목소리. 누구더라?

"제발 그냥 가만히 있으라고. 해 달라는 대로 다 해주잖아. 그냥! 가만히만!"

눈앞에 신 의원이 떠올랐다. 맞다, 신 의원이다.

"집 내놨으니까 팔리는 대로 다른 데로 이사 갈 거다. 도대체 중학교 3년 다니면서 이사가 벌써 몇 번째야?"

신 의원 목소리는 격앙될 대로 격앙되어 갈기갈기 찢어져 나갈 거 같았다.

"다른 번호로 사진을 보내면 내가 너인 줄 모를 줄 알아? 사진을 보낸 전화번호는 없애버렸더만. 차라리 번호를 없애버리지 않았다면 누가 이런 짓을 했는지 고민이나 했지. 제발 가만히 좀 있어."

신 의원 말을 듣는데 가슴 중간에서 뭔가 푹 터지는 소리가 들리더니 용암 같은 뜨거운 것이 소용돌이치기 시작했다. 불덩어리는 목구멍을 타고 넘어왔다. 나는 견디지 못하고 신음을 토해냈다. 그 신음소리가 너무 커서 손바닥으로 입을 틀어막았다.

다행히 내 신음소리는 신 의원 목소리에 가렸다. 내 짐작이 맞다면 골목 안에 신 의원과 같이 있는 사람은 영준이다. 영준이가 신 의원의 조카라고 알고는 있었지만 둘이 사진과 연관이 있을 줄은 몰랐다. 혼란스러웠다. 빛 하나 들지 않는 깊고 좁은 동굴을 걷고 있는 기분이었다.

왜?

영준이가 왜 신 의원에게 그 사진을 보냈을까?

저만큼에서 몇 사람이 떠들며 다가왔다. 그 사람들이 지나가는 동안 골목 안은 조용했다.

"저주해요."

얼마 후 말을 꼭꼭 씹듯 또박또박하게 말하는 목소리가 들렸다. 들릴 듯 말 듯 작은 소리였지만 영준이가 틀림없었다.

"뭐?"

"저주한다고요. 당신도 그 여자도."

영준이 목소리가 커졌다.

"당신? 그 말버릇 좀 못 바꿔? 그래도 내가 네 애비인데 말이다. 애비한테 당신이 뭐야?"

쿵! 무거운 벽돌이 머리를 세차게 때리고 지나간 듯한 충격이었다.

'신 의원이 영준이 아빠?'

"그리고 너를 낳아준 엄마한테 걸핏하면 그 여자가 뭐야?"

쿵! 다시 뭔가가 머리를 내리쳤다. 머릿속은 더욱 혼란스러워졌다. 영준이는 엄마가 없다고 했는데. 저번에 슈트를 입은 젊은 남자가 그랬었다.

'설마 3502호가 영준이 엄마? 에이, 설마.'

그렇다고 하기에는 3502호는 젊었다. 나이가 많이 되어봤자 20대 후반이나 30대 초반 정도였다. 그리고 엄마와 아들 사이이면 같은 집에 살면 되는 거지 다른 집에 살 이유가 있을까. 다른 동네도 아니고 같은 아파트 같은 층에서 말이다.

"아무튼 앞으로는 쓸데없는 짓을 해서 나를 화나게 하지 마라. 죽은 듯 없는 듯 살란 말이야. 다른 사람 눈에 띄지 않도록 조심하고. 대신 부족한 거 없이 다 대준다고 하잖아."

"절대 그럴 일은 없을 거예요."

영준이 말 뒤로 신 의원의 한숨 소리가 들렸다. 잠시 뒤 신 의원이 누군가에게 전화를 했다.

"야, 이 새끼 좀 허튼짓 안 하게 잘 좀 보라고 했잖아. 다른 사람들보다 월급을 두 배를 주는데 그걸 못해?"

신 의원은 분을 참지 못하고 씩씩거렸다.

"아파트 앞 골목이니까 와서 당장 데리고 가."

목소리와 발자국 소리가 함께 났다. 나는 재빨리 그곳에서 벗어났다.

집으로 돌아오며 머릿속을 정리해봤다. 신 의원이 영준이의 아빠라는 점은 확실하다. 그런데 3502호가 영준이 엄마라는 것에는 의문이 갔다. 영준이 엄마라면 굳이 사진을 찍어서 신 의원에게 보낼 필요가…… 그리고 자기 엄마 자동차를 긁는다고? 아무리 3502호와 영준이를 엄마와 아들로 연결시키려고 해도 연결이 되지 않았다.

그나저나 신 의원이 영준이 아빠이고 영준이가 신 의원 아들이라니 놀랍다. 신 의원이 큰누나를 며느리 삼고 싶어 했고 그 빌빌거리던 아들이 행정고시에 합격했다는 소식이 들릴 때도 신 의원에게 다른 아들이 있다는 말은 못 들은 거 같다. 아빠가 알고 있었다면 무심결에 말했을 수도 있는데 말이다.

"야, 나서일!"

가게 앞에 서 있던 아빠가 나를 발견하고 소리부터 질러댔다.

"너, 휴대폰은 어떻게 된 거야? 왜 없는 번호로 나와?"

"하도 안 와서 뭔 일 난 줄 알았잖아. 휴대폰은 어떻게 된 거야?"

짱구 형이 가게에서 치킨상자를 들고 나오며 걱정스럽게 물었다. 엄마와 구름이 이모도 뛰어나왔다. 엄마는 별일 없으면 됐지 이러면서 휴대폰은 어떻게 된 거냐고 학교에서 무슨 일이 있느냐고 물었다.

"공연히 여기저기 배회하고 다니다 지난번처럼 자동차를 긁었네 어쩌네 이러고 엉뚱한 일에 휘말릴까 봐 그러는 거지."

아빠가 또 소리를 질렀다. 술 냄새가 진하게 풍겼다.

"천천히 걸어오느라고…… 그리고 휴대폰 바꿨어. 변기에 빠져서 고장 났어."

"돈이 어디 있어서 말도 없이 휴대폰을 바꿔? 휴대폰이 한두 푼 하는 것도 아니고? 그리고 휴대폰을 바꾸면 바꿨지 번호는 왜 바꿔? 그리고 번호를 바꿨으면 말을 해주어야 할 거 아니야?"

아빠는 소리를 질러대며 손을 내밀었다. 휴대폰을 보여 달라는 뜻이다. 나는 어물거리다 어쩔 수 없이 휴대폰을 주머니에서 꺼냈다.

"좋아 보인다."

짱구 형이 한마디 하다 놀랐는지 얼른 입을 다물었다.

"좋은 거야? 나서일, 돈이 어디서 나서 샀어?"

"아이고, 우리 서일이처럼 야문 아이가 그 정도 돈도 없겠어요? 쥐꼬리만 한 용돈 차곡차곡 모았겠지. 애가 허튼 데 돈을 안 쓰잖아요."

구름이 이모가 내 편을 들었다.

안에서 손님이 부르는 바람에 아빠는 더 이상 말하지 않고 끝냈다. 엄마는 왜 번호를 바꾸었는지, 학교에서 무슨 일이 있었는지 나중에 말해 달라고 했다.

"서일아. 너 요즘 누구한테 협박 받냐?"

짱구 형이 물었다.

"아니 내 말은 갑자기 휴대폰 번호를 바꾸니까 의심이 되어서 그러지."

"아니, 그런 거 없어."

나는 고개를 저었다.

자식 셋 중에 마음에 드는 자식 하나 없다는 아빠의 푸념은 가게 문을 닫도록 이어졌고 그렇게 말하는 중간 중간에 엄마에 대한 원망도 섞였다. 내내 참던 엄마는 손님들이 다 돌아가고 난 후 결국 참지 못하고 폭발했다.

"내가 혼자 낳았어?"

갑작스러운 엄마의 반격에 아빠는 적잖이 놀란 듯했다. 평소에는 아빠가 북을 치든 장구를 치든 노래를 부르든 가게에서는 웬만해선 맞대응을 하지 않던 엄마였다. 엄마 아빠는 가게에서 계속 다퉜고 나머지 사람들은 퇴근을 했다.

잠을 자려고 해도 잠이 들려고 하면 깼다. 영준이와 신 의원으로 가득 찬 머릿속은 무겁고 복잡했다. 중간 중간 3502호도 떠올랐다.

나는 참지 못하고 자리를 박차고 일어나 거실로 나왔다. 약간 열린 큰누나 방에 불이 켜져 있었다. 나는 큰누나 방을 기웃거렸다.

"왜?"

큰누나가 인기척을 느꼈는지 돌아봤다.

"왜 안 자? 피곤할 텐데. 들어오든가."

큰누나가 방문을 활짝 열었다.

"큰누나. 신 의원……."

"신 의원? 아까 신 의원이 왔다 가는 바람에 아빠가 난리였구나?"

큰누나가 그럴 줄 알았다는 표정을 지었다. 신 의원 아들이 몇 명인 줄 아느냐고 물어보려고 했는데 말이 나오지 않았다. 나는 잠시 앉아 있다가 방에서 나왔다.

15

영준이는 핼쑥한 모습이었다. 작은 얼굴은 더 작아졌고 눈도 퀭했다. 늘 언제나 한결같았던 무심한 표정도 흔들렸다. 짙은 그림자가 진 영준이는 피곤해 보였고 불안해 보였다.

결국 3교시가 끝나고 영준이는 아프다며 병원에 가야겠다고 조퇴를 했다. 꼴을 보아하니 버티고 수업 듣기 힘들어 보였는지 담임도 두말없이 영준이를 보내주었다.

나 또한 어젯밤 한숨도 못잔 탓에 앉아 있기가 힘들었다. 나는 급식을 거른 채 점심시간부터 책상에 엎드렸다. 누가 위에서 짓누르는 것처럼 꼼짝할 수가 없었다. 5, 6, 7교시 과목 선생님들마다 똑바로 앉으라고 말하는 소리는 들렸지만 내 몸을 내가 어쩔 수 있는 상황이 아니었다.

수업이 끝나고 나서 겨우 일어나 가방을 메는데 가방이 쇳덩어리보다 더 무거웠다. 온몸이 으슬으슬 추웠다.

-툭툭툭.

교문을 나서는데 굵은 빗방울이 떨어지기 시작했다. 이마를 때리고 흘러내리는 빗방울이 얼음처럼 차갑게 느껴졌다. 마치 구름 위를 걷는 듯 다리가 휘청거렸다.

"어디 아프냐?"

기승이가 스치고 지나가며 물었다. 고개를 가로젓는데 돌덩어리가 몸 위에 달려 있는 기분이었다.

"잠깐 보자."

큰 도로를 지나 마트 건물을 끼고 돌아서는데 누군가 어깨를 쳤다. 우리 학교 교복을 입고 있는데 낯익은 얼굴이긴 하지만 누군지 자세히는 모르는 아이였다. 힐끗 이름을 봤다. 서지호.

"따라와라."

서지호는 앞장섰다. 툭툭 떨어지던 빗방울은 금세 무서운 기세로 쏟아지기 시작했다. 서지호는 하늘공원으로 향했다.

하늘공원에 도착했을 때 서지호나 나나 물에 빠진 생쥐처럼 비에 흠뻑 젖어 있었다.

서지호가 걸음을 멈추고 돌아서는가 싶더니 바로 주먹이 날아왔다. 마음의 준비도 없이 나는 서지호의 센 주먹을 맞고 바닥에 주저앉았다. 눈알이 빠져나갈 듯 아팠다.

"왜 맞는지 궁금하냐?"

서지호가 물었다. 나는 대답하지 않았다. 초등학교 때부터 늘 맞고 살면서 왜 맞아야 하는지 궁금해한 적이 없었다. 처음에는 친절하게 이유를 설명하고 때리던 아이들이 어느 날부터인가는 생략했다. 그냥 때렸고 나는 그냥 맞았다. 오랜만에 맞아서인지 통증이 더 심하게 느껴졌다.

"별로 궁금하지 않은가 보네. 하긴 나도 말해주고 싶은 생각은 없다."

서지호가 어깨를 밟았다. 고인 빗물에 얼굴을 처박았다. 서지호는 뒷덜미를 잡아끌어 바로 눕히더니 얼굴이며 가슴을 찼다. 툭! 코피 터지는 소리가 들렸다.

가까스로 정신을 차렸을 때 나는 하늘공원 공중화장실 안에 누워 있었다. 밖에는 장대비가 쏟아지고 있었고 서지호는 보이지 않았다. 그래도 죽지 말라고 비를 피해 화장실로 옮겨놓은 모양이다. 얼굴에 찌릿한 통증이 느껴졌다. 비틀거리며 일어나 거울을 봤다. 코피가 엄청나게도 쏟아진 모양이었다. 턱부터 목까지 핏자국이 있었다. 입술도 터지고 얼굴은 팅팅 부었다.

나는 짱구 형에게 문자를 보냈다. 열이 나서 가게에 못 간다고 아빠에게 그렇게 전해 달라고 했다. 아빠에게 전화를 하면 변변치 않게 어디가 아프냐, 당장 와 봐라, 이럴 게 뻔하다.

—많이 아프냐?

짱구 형에게 답문자가 왔다. 뭐라고 해야 대답해야 할지 몰라 망설이고 있을 때

-알았다. 내가 알아서 할게.

눈치 빠른 짱구 형이 문자를 보냈다.

집으로 돌아와 샤워를 한 다음 정신없이 잤다. 꿈인지 생시인지 인기척이 있었다. 나는 떠지지 않는 눈을 뜨기 위해 씨름하다 그냥 잤다.

눈을 떴을 때는 아침이었다. 벌떡 일어나 얼굴부터 확인했다. 10년 정도 맞고 살아서인지 얼굴 근육에도 맷집이 생겼다. 부기는 거의 빠져 있었고 터진 입술도 봐줄 만했다.

축축한 교복을 드라이로 말리며 휴대폰을 확인했다. 짱구 형한테 온 문자가 전부였다. 집이냐고 어제 저녁 여섯 시 정도에 온 문자였다. 늦었지만 답문자를 보내려다 관뒀다. 짱구 형은 지금 한밤중일 거다. 공연히 잠을 깨울 수도 있다.

집 안은 쥐 죽은 듯 고요했다. 나는 일찍 집에서 나왔다. 서지호가 누구더라? 어디서 보긴 봤는데 아무리 생각해도 모르겠다.

영준이가 이 사실을 안다면 쥐도 새도 모르게 해결해줄 거다. 하지만 영준이는 나까지 돌아볼 겨를이 없을 거다. 영준이 자신의 일만으로도 머리가 터져나갈 거다. 곧 영준이는 전학 갈지도 모른다.

그 생각을 하자 머릿속이 아득해졌다. 몇 달 동안 영준이가 있어서 참 좋았는데.

그런데 궁금하다. 제일 궁금한 것은 3502호가 진짜 영준이 엄마냐는 거다. 아닐 거라는 확신이 들면서도 신 의원 말이 걸렸다.

학교에 도착하자마자 책상에 엎드렸다.

"그렇게 아프면 병원을 가야지 학교에는 뭐 하러 와?"

선생님들마다 한마디씩 했다.

3교시가 끝나고 일어났다. 머리가 팽 돌았다. 나는 무의식적으로 영준이 자리를 바라봤다. 영준이가 와 있었다. 영준이와 눈이 마주쳤다. 영준이 얼굴에는 여전히 그늘이 져 있었고 피곤해 보였다.

내 얼굴을 훑어 내려가던 영준이 눈이 터진 입술에서 멈췄다. 갑자기 뭉클해지며 눈물이 왈칵 쏟아졌다. 나도 모르겠다. 내가 왜 이러는지. 나는 당황해서 다시 책상에 엎드렸다. 몽글몽글 비누 거품 같은 것이 목 안에서 치솟아 올랐다. 삼키려고 애써도 넘어가지 않았다. 여태 살면서 한 번도 느껴보지 못한 낯선 감정이었다.

– 서일아. 당장 해결해줄게.

단톡방이 울린 것은 가게에 도착했을 때였다. 나는 그 문자 한 통에 강한 연대감 같은 것을 느꼈다. 아까 나를 바라보던 영준이의 눈길이 다시 느껴졌다.

곰곰이 생각해보니 나는 영준이에게 이르고 싶었다. 초등학교 때 처음 맞고 왔을 때 설움에 복받쳐 엄마에게 이르던 그날처럼. 왜 맞고 다니느냐고 아빠가 호통을 치는 바람에 그 뒤로는 엄마에게 말하지 않았었다. 이유가 뭐든, 내 편이 되어준 영준이에게 나는 내가 맞았다고 알리고 싶었던 거고 영준이가 눈빛으로 그걸 알아주자 설움이 복받쳤던 거다.

"너 어제 뭔 일 있었지?"

짱구 형이 물었다. 나는 고개를 저었다.

"야, 입술이 터졌고만. 누구한테 맞았냐? 어떤 놈이냐?"

맞고 다닌 일이 어제 오늘 일도 아닌데 새삼스럽게……. 아, 맞다. 짱구 형은 내가 맞고 다니는 걸 못 봤을 수도 있겠구나. 짱구 형은 내가 중학교 2학년 때 우리 가게에 왔다. 짱구 형이 온 뒤로 몇 번 맞긴 했지만 영악한 놈들은 얼굴은 때리지 않았었다. 그리고 영준이가 전학 온 뒤로는 영준이가 가림막이 되어주었다.

"내 도움이 필요하면 말해라."

짱구 형이 말했다.

야외에 탁자를 내놓고 있을 때 엄마가 다가왔다.

"이거 하루에 한 알씩 먹어."

엄마가 약통 같은 걸 내밀었다.

"뭐야?"

"영양제야. 학교 다니랴, 가게 일하랴, 힘들잖니. 잠도 댓 시간 밖에 못 자고."

엄마는 슬쩍 가게 안을 바라보며 말했다. 아빠 눈치를 보는 거 같았다.

"어제 많이 아픈 거 같더라. 끙끙 앓으면서 자는데 깰까 봐 불도 못 켜봤네. 정 힘들면 가게 나오는 거 그만둬. 엄마는 네가 가게 일이라도 배워두면 좋을 거 같아서 불러들인 건데. 아무래도 무리인 거 같다."

어제 꿈인 듯 생시인 듯 느껴졌던 인기척, 엄마였구나.

"괜찮아. 이런 거 안 먹어도 돼."

"어렸을 때부터 제대로 돌봐주지도 못하고 아침도 제대로 못 해 먹이고……."

갑작스런 엄마의 고해성사와 같은 고백을 듣고 있는데 가게 안에서 보고 있던 아빠가 성큼성큼 걸어왔다.

"서일아. 아빠가 너를 진짜 미워해서 그러는 거 아니야, 네가……."

등을 돌리고 있어 아빠가 오는 것을 모르고 있던 엄마가 이 말을 하는 순간

"진짜 미워하는지 가짜로 미워하는지 당신이 어떻게 알아?"

아빠가 소리를 빽 지르며 엄마 말을 잘랐다.

"그건 뭐야?"

아빠 눈이 영양제에 멈췄다. 엄마가 얼른 영양제를 앞치마 주머니에 넣었다.

"뭔데 감추나?"

아빠가 엄마 앞치마에서 영양제를 꺼냈다.

"서일이 얼굴 좀 봐. 애가 힘들어서 누리끼리하니 얼굴이 떠 가지고 봐줄 수가 없어. 영양제라도 먹이려고 그래."

엄마가 영양제를 낚아채 도로 주머니에 넣었다.

"어리고 어린 놈이 무슨 영양제야? 밥만 잘 먹어도 될 나이에. 누가 뺏어 먹는데? 왜 성질을 부리고 난리야? 먹여, 먹이라고."

아빠가 쌩하니 돌아섰다. 엄마는 영양제 하나를 꺼내 내 손에 들려주었다.

"안 먹어도 돼."

"먹어."

엄마는 물을 떠 와 보는 앞에서 먹으라고 했다.

"하루에 한 알씩 꼭꼭 챙겨먹어야 해."

엄마는 몇 번이나 당부했다.

짱구 형이 힐끔거렸다. 나는 영양제를 짱구 형에게 내밀었다. 먹으려면 먹으라는 뜻이다. 아닌 말로 나보다야 짱구 형이 더 힘든 삶을 살고 있다. 가끔 욕하는 거로 스트레스를 해소하기는 하지만 혼자 세 사람 몫을 거뜬히 해내며 그야말로 가게에서는 없어서는 안 될 독보적인 존재이다. 그건 세상이 다 아는 사실이다. 자신의 이름으로 가게 하나 낼 때까지 두 눈 질끈 감고 죽자 마음 먹고 일한다고 결심을 했다지만 쉬운 일은 아니다. 몸이 녹아내릴 거 같은 날이 하루이틀이 아닐 거다.

"야, 내가 그런 거를 왜 먹어? 그런 거 먹으면 배에서 놀라서 없는 병도 생긴다. 그게 아니고 말이다. 지금 좀 한가해서 물어보는 건데…… 아니 뭐 솔직히 말하면 긴가민가해서 물어볼까 말까 몇 번이나 망설였는데, 아, 씨발, 도저히 찜찜해서 못 살겠다. 그래서 물어보는데 말이다."

평소 짱구 형답지 않게 망설이고 또 망설이는 눈치였다.

"며칠 전에 말이지. 그날?"

"그날?"

나는 혼자 되뇌이듯 물었다.

"아, 그날 있잖아. 내가 결근한 그다음 날, 토요일 말이야."

"응."

"내가 그날 가게 일 끝나고 소주 존나게 많이 마셨지?"

"그냥 뭐……."

"토하고 지랄했지?"

"그냥……."

"내가 너한테 뭔 말 했냐?"

짱구 형이 한순간 긴장했다.

짱구 형은 그날을 기억하지 못하고 있었다.

"그냥, 방귀 얘기."

몇 번이고 망설였다는 거로 봐서 열다섯 살 엄마 이야기는 들키고 싶지 않은 비밀일 수도 있다. 나는 내가 짱구 형의 비밀을 알고 있다는 걸 내색하고 싶지 않았다. 그래야 짱구 형이 편할 거다.

"방귀 얘기? 내가 방귀 얘기를 했어?"

"응."

"그거 말고는?"

"방귀 얘기 말고는 생각나는 거 없는데."

"그래? 내가 방귀 얘기를 어떻게 했는데?"

짱구 형은 고개를 갸웃거렸다.

"가스가 배에 꽉 차기 전에 바로바로 내보내라고. 그래야 좋다고 했어."

"내가 술 마시고 취해서 아주 철학적인 이야기만 했구나."

짱구 형은 빙긋 웃었지만 여전히 찜찜한 얼굴이었다. 곧 배달이 밀렸고 짱구 형은 더 이상 묻지 않았다.

나는 단톡방이 울리기를 기다리며 수시로 휴대폰을 확인했다. 영준이는 당장 해결해주겠다고 했다. 내가 말하지 않아도 누구에게 맞았는지 영준이 스스로 알아낼 거다. 늘 그랬던 것처럼. '서일아, 해결했다.' 이런 톡이 오길 기다렸는데 단톡방은 조용했다.

'자기 일 때문에 잊어버린 건가?'

그럴 수도 있겠다 싶었다.

16

영준이가 결석을 했다. 영준이의 빈자리를 보면서 초조했다. 어제 떠야 할 톡이 뜨지 않아서 더 그랬다. 기승이와 준이는 영준이 결석에 대해 아는 게 없는 눈치였다.

수업이 끝났을 때 설아가 쪽지 하나를 슬며시 무릎 위로 던져주고 갔다. 영준이의 결석으로 예민해질 대로 예민해진 촉이 더욱 불길했다.

-저번 그곳으로 와.

커닝 페이퍼나 사진 사건으로 또 사람을 볶아대려고 하는 모양이었다. 귀찮게 생겼다. 역시 설아는 만만한 아이가 아니었다. 영준이가 잘못 건드린 거 같다.

영준이가 없는 하루는 길었다. 마치 길을 잃고 낯선 길 한가운데 서 있는 기분이었다. 거기에다 설아 쪽지도 계속 신경을 거슬리게 했다.

'왜 결석을 했을까? 설마 이대로 이사 가버리는 거는 아니겠지?'

영준이가 안 보이면 그 생각이 든다. 불안은 시간이 지날수록 그 강도가 더 세지고 깊이도 깊어졌다.

하늘공원에 도착했을 때 설아가 기다리고 있었다. 설아는 얼굴로 내리쬐는 햇볕 때문인지 나를 발견하지 못했다. 오후 햇볕을 정면으로 받은 설아를 보자 2학년 때 소풍 가서 본 동해 바닷가에 서 있는 부처상이 떠올랐다. 햇볕을 받은 부처상 얼굴도 꼭 저랬는데. 온화하고 소원을 빌면 다 들어줄 거 같은. 설아는 학교에서 보던 얼굴과는 달라 보였다. 좀 전까지 불안과 짜증과 긴장으로 팽팽했던 마음이 조금은 느슨해졌다.

나를 본 설아는 원래의 얼굴대로 돌아갔다.

"영준이 왜 결석한 건데?"

설아가 다짜고짜 물었다. 당황스러웠다. 전혀 예상조차 하지 못한 질문이었다.

"너는 알고 있을 거 같은데?"

훅 치고 들어오는 질문들은 의외였다. 나는 설아 눈을 힐끗 바라봤다. 얘가 뭘 알고 있는 건가?

"왜 놀라?"

설아는 잠깐 스치고 지나가는 내 표정을 놓치지 않았다. 나는 얼른 표정을 바꿨다. 무덤덤하고 태연하게.

“너 궁금하지 않니? 내가 왜 너한테 영준이에 대해 묻는지.”

궁금하다. 나와 영준이 관계를 알고 있는지, 알고 있다면 어느 정도 알고 있는지.

“너를 조종하는 애가 영준이더라. 못 알아낼 줄 알았지?”

너무 놀라 으흠, 신음소리가 나오려고 했다. 나는 입을 꾹 다물었다.

역시 설아는 만만한 아이가 아니었다. 그걸 어떻게 알아냈을까? 준이? 기승이? 아니다. 준이와 기승이가 그럴 리 없다. 영준이와의 관계를 발설하는 순간 자신들도 같이 구덩이 속으로 들어가는 거다. 그렇게 위험하고 바보 같은 짓을 할 리가 없다. 그냥 넘겨짚는 걸까? 설아 얼굴을 보니 그런 거 같지는 않았다. 나는 표정이 흔들리지 않도록 어금니를 꽉 다물었다.

“생각해봤지. 그 결과 너를 조종하는 아이를 알고자 하면 너를 깊이 연구하는 방법이 제일이라는 결론을 얻었지. 내가 너 따위에 대해 연구하고 파고들지 누가 알았겠니?”

설아는 너 따위라는 말에 유독 힘을 주었다.

“작년까지는 맞고 다니더니 요즘 그게 뜸한 걸 알아냈고 너를 팼던 아이 중에 한 아이를 찾아냈지. 그런데 그 아이에게 무슨 일이 있었던 거 같긴 한데 얼마나 협박을 받았는지 절대 말하지 않더라고. 다른 아이들 같았으면 거기서 끝냈을 거야. 하지만 나는 절대 거기서 끝낼 수 없었어. 너를 패면 조종하는 아이가 나설 거라고 짐작했지. 그 짐작이 딱 들어맞은 거고. 너를 패고 나니까 영준이가 짠하고 나타나더라고."

서지호가 무턱대고 때린 이유를 이제야 알았다. 그나저나 설아, 보기와는 달라도 너무 다르다. 서지호 같은 아이를 알고 지내다니, 서지호 주먹은 보통이 아니었다. 한두 번 써본 솜씨가 아니었다. 맞아본 사람은 안다. 맞을 때의 강도와 치명적인 곳을 피하는 노련함, 그걸 보면 주먹을 쓰던 아이인지 아닌지. 설아! 공부밖에 모르는 아이인 줄 알았는데.

"서지호보고 영준이를 만나라고 했지."

설아 목소리는 덤덤했다.

영준이 주먹이 어느 정도인지 나는 모른다. 하지만 피환희를 꼼짝하지 못하게 만든 걸 보면 보통은 아니다. 서지호와 피환희! 둘의 주먹을 비교하자면 둘 다 세긴 센데 각각 다르다. 피환희는 무식하다. 처음부터 정신을 못 차리게 속전속결로 나간다. 그럴 경우 아무 생각 없이 맞는다. 서지호는 조금 달랐다. 지능적이다. 때리고 잠깐 쉬는 타임이 있다. 때리는 자의 표정을 살필 시간을 준다. 사실 그게 더 두렵고 무섭다. 때리는 입장에서 보면 상대에게 겁을 주기 위해서는 서지호 쪽이 효과가 더 좋다.

"서지호가 영준이를 만나러 갈 때 혼자 나갔겠니?"

설아 표정이 한순간 섬뜩했다. 혼자 나가지 않았으면 패거리로 나갔다는 말인가? 그럼 영준이 혼자 많은 아이들을 상대했다고? 영준이 주먹이 어느 정도인지 모르지만 혼자 여러 명을 상대한다는 것은 무리가 있다. 주인공 혼자 수십 명, 수백 명을 척척 해치우는 건 영화에서나 가능한 일이다. 표정이 흔들리려고 했다. 나는 어금니를 더 힘껏 깨물었다.

"놀랐지? 그렇게 파고들 줄은 몰랐지?"

설아의 한쪽 입꼬리가 올라갔다.

사람은 한 면만 보고 절대 그 사람의 모든 것을 평가해서는 안 된다는 것을 알았다. 공부에 목매는 설아, 까칠한 성격에 열받으면 방방 뛰는 설아, 자존심이 상하면 절대 그냥 넘어갈 거 같지 않고 고래힘줄처럼 물고 늘어지는 설아, 얼굴에 고집과 깡으로 가득 찬 설아. 하지만 오늘 같은 모습은 상상조차 하지 못했다.

"그런데, 내가 오늘 너를 보자고 한 건 영준이가 결석한 이유도 궁금하긴 하지만 그것보다도……."

설아는 말을 멈추고 내 얼굴을 뚫어져라 바라봤다. 이마부터 눈, 코, 입, 그리고 턱까지 한번 찬찬히 훑어본 다음 다시 이마에서 입, 코, 눈, 이마로 한 번 더 훑어봤다.

"너는 영준이와 같은 생각을 갖고 있니?"

설아가 알아듣지 못할 질문을 했다.

"하긴 같은 생각을 가지고 있으니까 어울리겠지. 너라는 아이는 파면 팔수록 신기해. 그런 줄 모르고 다른 아이들은 네가 아무 생각 없이 사는 줄 알지. 어리숙하고 착해 빠지고 그런 아이."

설아가 또 얼굴을 뚫어져라 바라봤다.

"대답해봐. 너도 영준이와 같은 생각을 갖고 있지?"

도대체 뭘 묻는지 알아먹지 못해서 대답할 수 없었다. 알더라도 입을 떼고 맞장구쳐주고 싶지는 않지만.

"좋아, 다른 거 물어볼게. 우리 반에서 누구누구니? 너랑 영준이랑 어울리는 아이가? 어쩐지 둘만일 거 같지는 않은데."

놀랐다. 어떤 식으로 예측을 하면 저런 정답이 나오는지 모르겠다. 나는 여전히 설아 말을 못들은 체했다.

"그거 되게 위험한 가치관이야."

설아가 알아듣지 못할 소리를 계속했다. 위험한 가치관? 누구 가치관?

"여성 혐오는 페미사이드를 만들기도 하는 거지."

이건 또 뭔 소리? 여성 혐오라는 말은 알겠는데 페…… 뭐? 그리고 누가 여성 혐오를 갖고 있다는 말인지. 자다가 봉창 뜯는 것도 아니고.

"영준이가 서지호한테 그랬다더라. 잘나지도 못했으면서 잘난 척하는 여자아이들을 저주한다고. 그러니까 영준이는 나를 그런 여자아이로 봤던 거지. 잘나지도 못했으면서 잘난 척하는 아이. 그래서 커닝 페이퍼 사건으로 나를 궁지에 몰아넣었던 거야. 사진을 보내면서 네가 잘난 척해봐야 다 똑같아, 이런 말을 하고 싶어 사진을 보냈던 거고."

사진은 잘못 보내진 거라고 말하고 싶어 목이 간지러웠다.

하지만 그럴 수는 없었다.

"수경이와 오미진도 영준이가 그랬던 거지?"

설아가 또 다른 질문을 했다.

"……."

"아무 말도 안 하기로 작정하고 나왔니?"

설아가 얼굴을 찡그렸다.

"좋아. 그럼 내가 결론을 내려주지. 아니면 아니라고 말해."

설아 말에 긴장이 되었다. 만약 사실과는 전혀 다른 상상을 하고 질문을 하면 어쩌나 걱정이 되었다. 그 질문에만 아니라고 말할 수는 없다. 상대편이 대답을 요구할 때는 일관성이 있어야 한다. 처음부터 아니다, 맞다, 말로 대답하든가 끄덕끄덕, 절레절레, 행동으로 하든가, 아니면 지금처럼 묵묵부답이 있다. 그 세 가지를 섞으면 상대는 더욱 집요하게 질문한다. 하나로 통일하는 것이 현명한 방법이다.

오늘은 묵묵부답을 택했었다. 불리하다고 해서 중간에서 바꾸면 앞에 했던 질문들이 다시 나온다.

"나서일, 너와 영준이는 여성 혐오자들이야."

내가?

"둘은 같은 생각을 가지고 있었기 때문에 힘을 합해 마음에 들지 않는 여자아이들을 곤경 속으로 집어넣었어. 둘 말고 너네들에게 동조하는 다른 아이들도 있을 거라고 예측하지만 확인할 수 없어서 지금 현재로는 단정 지을 수 없어. 아무튼 오미진과 수경이가 당했고 내가 당했어. 아마 앞으로도 누군가를 곤경에 빠뜨리겠지. 고등학교에 가서도 아마 그런 일은 계속 될 거야. 아니, 죽을 때까지 영원히 그 생각을 버리지 못하고 거기에 매달려서 살게 될 거야. 나는 니들 둘이 어찌되든 크게 상관은 없어. 내가 무슨 세상의 모든 여자를 걱정하는 인류애에 불타는 사람도 아니고 말이야. 다만 나를 더 이상 건드리지 말아 달라는 거야."

나는 멍하니 설아 입을 바라봤다.

"알았어?"

설아 목소리가 덩어리로 튀어나올 것처럼 또렷했다. 그건 걱정할 일이 아니다. 영준이는 한 번 건드린 아이는 건들지 않는다. 쳐다보지도 않는다. 지금까지로 봐선 그렇다. 커닝 사건으로 한 번 건드렸던 설아에게 사진을 보낸 것은 내 실수다. 그런데 나와 영준이가 여성 혐오자라니 도대체 설아는 무슨 근거로 그런 말을 하는 걸까. 혹시 내 안에 내가 모르고 있는 내가 있는 걸까.

설아는 무슨 생각을 하는 듯 잠시 하늘을 바라봤다.

"결석하니까 살짝 걱정이 되긴 하네."

설아가 중얼거렸다.

설아는 그쪽으로는 아마추어였다. 프로들은 때리고 나서 절대 마음을 밖으로 표현하지 않는다. 속으로는 어떤 생각이 들어도 말이다.

"재수 없이 걸려드는 거 아니겠지. 3학년인데 기록에 학폭이 남으면 끝장인데."

설아가 또 중얼거렸다.

설아가 먼저 돌아갔다. 설아가 가고 난 다음 공원 한쪽에 쪼그리고 앉아 설아 말을 되새겨봤다.

나는 인터넷에 들어가봤다. 여성 혐오, 여성에 대한 혐오나 멸시 또는 반여성적인 편견을 뜻한다고 했다.

지난번 골목에서 신 의원과 영준이가 나눴던 대화가 떠올랐다. 영준이는 그 여자를 저주한다고 했다. 그 여자는 영준이 엄마를 뜻했고 신 의원과 슈트를 입었던 젊은 남자의 말을 종합해보면 엄마에 대한 영준이의 마음을 이해할 수도 있을 거 같다. 영준이 엄마는 영준이 곁을 떠난 거다. 이유는 모르지만 그건 확실하다. 나는 영준이라서 이해하려고 하는 게 아니라 그럴 수 있다 싶었다. 그걸 꼭 여성 혐오로 말하기에는 무리가 있다.

'잘난 척하는 여자들을 저주해.' 이 정도 말한 거 가지고 설아가 확대 해석했을 수도 있다. 아무튼 설아 대단하다. 나와 영준이 관계를 그런 식으로 알아내다니.

그나저나 오늘 영준이가 결석한 이유가 궁금했다. 영준이는 얼마나 맞은 걸까. 설아는 결석할 정도는 아니라고 했다. 지능적으로 때리는 서지호 주먹 실력을 볼 때도 그렇다. 나도 서지호에게 맞았을 때 그날은 죽을 거 같았지만 다음 날 아침에는 움직일 수 있었고 얼굴의 부기도 금세 빠졌다.

'Y아파트에 한번 가볼까?'

생각하다 고개를 저었다.

나는 아빠 전화를 받고 나서야 자리를 털고 일어났다.

17

영준이가 사흘 내리 결석을 했다. 담임은 영준이 할아버지가 세상을 떠났다고 했다. 그 말이 사실이라면 우연의 일치치고는 기막히다. 걱정의 그늘이 한 번씩 스쳐가던 설아 표정이 담임 말을 듣고 활짝 펴졌다.

나는 영준이 할아버지가 세상을 떠났을 거라고 믿지 않았다. 만약 그런 일이 있었다면 아빠에게도 당연히 연락이 왔을 거다. 신 의원은 우리 할머니 할아버지가 세상을 떠났을 때 찾아왔고 밤새워 장례식장을 지켜주기도 했다.

20년을 한결같이 한 장소에서 장사를 한 아빠는 주변 사람들과의 의리를 목숨과도 같이 생각하는 사람이다. 특히 좋은 일에는 가지 않아도 슬픈 일에는 꼭 찾아가 함께 해주어야 하는 법이라고 늘 말한다. 그런 아빠가 신 의원 집의 큰일에 가지 않았을 리 없다. 신 의원에게 직접 듣지 못했다 하더라도 그런 소식은 입에서 입을 통해 아빠 귀에 금방 들어오게 되어 있다.

망설이고 망설이다 처음으로 내가 먼저 영준이에게 톡을 보내기로 했다. 톡을 보내기로 결심을 하고도 뭐라고 써야 할지 한 시간 넘게 고민했다.

-궁금해서.

톡을 보내고 나자마자 공연히 보낸 거는 아닌지 후회가 되었다. 톡을 삭제하려는 순간 영준이가 읽었다.

영준이는 대답이 없었다.

"아주 그냥 휴대폰 안으로 들어가겠네. 무슨 연락을 기다리는 건지 뭔지."

아빠가 한마디 했다. 어쩔 수 없이 휴대폰을 주머니에 넣었지만 신경은 온통 휴대폰에 가 있었다.

미리 예고도 없이 영준이가 가게에 나타난 것은 아홉 시가 다 되어서였다. 홀 손님들이 한바탕 몰려왔다 나가고 난 후 탁자 위를 정리하고 있을 때 영준이가 가게로 들어왔다. 생각지도 못한 영준이의 출연에 깜짝 놀라기도 했지만 한편으로 반가웠다.

며칠 만에 본 영준이 얼굴은 반으로 쪼그라들어 있었다.

"이게 누구냐? 서일이 친구 아니냐? 저번에 닭 먹고 오리발 내밀던 친구들 대신 닭 값 계산했던."

아빠도 영준이를 알아봤다. 영준이는 고개를 끄덕여 보이고 밖으로 나가 야외 탁자에 자리를 잡았다. 영준이는 프라이드치킨 한 마리를 주문했다.

나는 주문을 넣은 후 영준이와 마주보고 앉았다.

"할아버지 돌아가신 거야?"

그럴 리는 없다고 믿었지만 확인차 물었다.

"응. 외할아버지라는데 나하고는 상관없는 할아버지야."

진짜 할아버지가 돌아가셨다니 그것도 놀라웠지만 자신과는 상관없는 할아버지라는 말에 더 놀랐다.

"나는 장례식장에도 가지 않았는걸. 오라고 하지도 않았지만 오라고 했어도 난 안 가. 다음 주 월요일에는 학교 갈 거다. 아마 며칠 다니지는 못하겠지만."

나는 영준이를 바라봤다.

"전학 갈 거 같다. 어떻게 해서든지 졸업할 때까지는 여기 있고 싶었는데…… 어쩔 수 없지 뭐. 집안에 일이 좀 생겨서."

영준이가 빙긋 웃었다.

"다음 주 월요일에 학교 갈 거라고 톡으로 대답하려다가 와봤다. 나도 네가 궁금하기도 하고…… 약속은 꼭 지킬 거다. 전학가기 전에. 설아 그 애 보통이 아니긴 아니더라."

서지호 얘기를 하는 모양이었다. 영준이는 약속을 잊지 않고 있었다. 꼭 지키지 않아도 될 거 같은데 말이다. 아니, 지키지 않는 게 더 낫다. 설아가 이미 영준이 존재를 알고 있는 마당에 일만 커질 거 같다.

"그래 봤자 나한테 이길 수는 없겠지만."

영준이가 아랫입술을 질끈 깨물었다.

"설아는 그 사진을 실수로 보낸 건 줄 모르고 있어."

"상관없어."

상관이 없는 게 아니라 그 사진 때문에 설아가 너와 나에 대해 잘못 생각하고 있을 수도 있다는 말이 하고 싶었지만 그 말을 어떻게 꺼내야 할지 모르겠다.

"프라이드치킨 나왔다."

안에서 아빠가 소리치는 것과 동시에 큰누나가 나타났다. 그리고 배달 갔던 짱구 형도 그때 스쿠터를 막 세웠다.

짱구 형과 나는 서로 놀란 눈으로 마주봤다. 짱구 형이 잽싸게 큰누나에게 달려가 손을 내밀었다. 레시피를 전달할 거면 주고 얼른 가라는 뜻일 거다.

"아니, 오늘은 내가 구름이 이모랑 함께 만들어보려고. 직접 보면서 해야 할 게 좀 있을 거 같아서."

어쩌자고 저렇게 당당한지 알 수가 없었다. 아빠가 펄펄 뛸 거 뻔히 알면서 뭘 믿고 저러는지 모르겠다. 주방 안에 들어갈 수도 없을 거다.

"저 주고 가세요. 구름이 이모가 선수인데 다 알아서 할 거예요."

짱구 형이 가게 안을 힐끔거리며 재촉했다.

"서일아. 프라이드 나왔다니까."

아빠가 프라이드치킨 접시를 들고 나오다 큰누나를 보고야 말았다.

"또 뭔 일이야?"

아빠 얼굴에 당황한 빛이 역력했다.

"오늘 주방에 좀 들어갈게, 아빠."

"주방? 어디 주방? 주방은 집에도 있잖아."

아빠는 시큰둥하니 대꾸했다. 그러고는 내 손에 프라이드치킨 접시를 들려주고는 가게 안으로 들어가버렸다. 작전을 바꾼 거 같았다. 소리 질러봤자 먹히지도 않는 거 무시하는 쪽으로 말이다.

큰누나가 가게 안으로 들어가려고 하자 아빠는 문을 쾅! 닫아버렸다.

"와, 사장님 너무하네. 큰누나가 무슨 전염병에 걸린 것도 아니고 진짜 그러는 거 아니에요."

짱구 형이 문을 열며 소리쳤다. 그러자 아빠는 더 세게 문을 닫아버렸다. 엄마가 주방에서 아빠를 보며 뭐라고 하는 거 같았지만 아빠는 들은 체도 하지 않았다.

결국 큰누나는 한층 업그레이드한 레시피를 짱구 형 손에 쥐어주고 집으로 돌아갔다.

"니네 큰누나 서울대 나왔다며?"

영준이가 닭다리를 뜯으며 물었다.

"어렸을 때는 천재 소리도 들었다며?"

내가 대답도 하기 전에 영준이가 또 물었다.

"미국에서도 좋은 대학교에 유학 갔다며?"

이미 알고 있으면서 새삼스럽게 확인했다.

"니네 아빠가 큰누나에게 모든 걸 다 바쳐 헌신했다며?"

영준이는 큰누나의 과거에 대해 자세히 알고 있었다. 하지만 그건 우리 동네 사람들도 다 알고 있는 사실이다. 아빠는 가게에 오는 손님이든 동네 사람이든 눈이 마주치기만 하면 큰누나 자랑을 했으니까. 영준이가 신 의원 아들이라면 여러 번 들어봤을 얘기다. 하지만 영준이는 다른 사람들이 잘 모르는 하나를 더 알고 있다. 큰누나가 왜 돌아왔는지. 영준이는 더 이상 말하지 않았다. 영준이는 프라이드치킨 다리 하나와 날개 하나를 먹고 일어섰다.

"다음 주 월요일에 보자. 그런데 서일아, 나 전학 가기 전에 마지막으로 한 가지만 더 도와줘라."

망설이는 듯하던 영준이가 말했다. 영준이는 내 대답을 듣지 않고 돌아갔다.

"짱구 너 이리 와 봐."

배달이 뜸해지자 아빠가 짱구 형을 불렀다. 아빠는 생각 없이 아빠 옆으로 다가간 짱구 형 주머니를 뒤지려고 했다.

"아, 왜 이래요?"

"좀 보자. 주머니 속 좀 보자고."

"보긴 뭘 봐요? 설마 내가 돈을 슬쩍했을까 봐 그래요?"

"네가 그럴 위인이나 되냐? 좀 보자고."

"싫다고요."

짱구 형은 점퍼 양쪽 주머니를 움켜쥐고 아빠는 주머니 속을 보려고 옥신각신했다.

"진짜 안 보여줘? 아까 큰애가 너한테 뭐 주고 갔잖아. 그게 수상하단 말이야, 손 저리 안 치워?"

"주긴 누가 뭘 줘요? 아, 진짜 왜 그래요? 설마 큰누나가 저한테 연애편지라도 줬을까 봐 그래요? 큰누나는 제 스타일이 아니라고요. 저, 눈 높아요."

"그래, 이놈아. 네 눈 이마에 달렸다. 치워?"

아빠가 짱구 형 주머니에 손을 넣었다. 큰누나의 레시피가 아빠 손에 딸려 나왔다.

"이게 뭐야?"

아빠가 큰누나 레시피를 훑어봤다.

"이거 한 번 만들어봐요."

아빠는 레시피를 구름이 이모에게 주었다. 구름이 이모가 큰누나 레시피대로 치킨을 만드는데 낯익은 냄새가 났다.

"이거 그거네, 그거야."

아빠가 짱구 형을 쏘아봤다.

"공범자 다 모이시지."

치킨이 완성되자 다리를 뜯어본 아빠가 소리쳤다. 짱구 형이 손을 들었다.

"저는 만들기는 만들어봤지만 그게 큰애가 만든 건 줄은 몰랐네요."

구름이 이모는 억울하다는 듯 말했다.

"저만 알았다고요. 사장님 마음대로 하세요. 자르든지 죽이든지."

짱구 형은 내 배 째시오, 하듯 가슴을 내밀었다.

구름이 이모와 화천이모가 나와서 치킨을 맛봤다.

"그래도 맛은 있네. 저번 것도 맛은 괜찮았는데 이번 거는 훨씬 더 나아졌는데요?"

"맛있습니다."

구름이 이모 말에 화천이모도 맞장구쳤다. 그러자 엄마도 나와서 날개 하나를 먹어봤다.

"하라는 공부는 하다 말고 이게 무슨 짓이야? 한 번 더 큰애하고 쿵짝이 맞아 이런 짓하면 그땐 정말 가만 안 둬."

아빠는 짱구 형에게 으름장을 놨다. 배달이 들어오자 아빠는 직접 가겠다며 가게에서 나갔다.

"사장님도 맛에 반한 거 같던데?"

짱구 형은 내 귀에 속삭이며 웃었다.

아빠가 배달하고 오는 사이 큰누나 레시피대로 만들어진 치킨은 금세 동이 났다. 구름이 이모와 화천이모가 맛있다며 먹는 걸 보고 마침 들어온 손님들이 한 개씩 들고 갔다.

"이거 한 마리 주세요."

큰누나 치킨을 맛본 손님이 말했다.

"아직은 개발 중이라 판매가 안 된답니다."

짱구 형이 정중하게 말하자

"만들어 드리면 되는 거지 뭔 판매가 안 돼?"

엄마가 구름이 이모에게 만들라는 턱짓을 했다.

"그럼 저는 형님이 만들라고 해서 만든 겁니다. 사장님한테 그 점은 분명히 해두세요."

큰누나 치킨은 냄새부터 호평을 받았다.

배달에서 돌아온 아빠는 누가 만들어 팔라고 했느냐고 말했지만 크게 화를 내지는 않았다.

"봐, 마음에 드는 거라니까. 빨리 큰누나한테 알려줘."

나는 짱구 형 말대로 큰누나에게 문자를 보냈다. 짱구 형은 치킨 이름을 뭐라고 정할지도 고민했다.

분위기가 한참 괜찮을 때 문이 사르르 조심스럽게 열리더니 작은누나가 들어왔다.

"아빠."

작은누나는 뒷목을 긁었다. 작은누나가 뒷목을 긁을 때는 뭔가 잘못을 했을 때의 습관이다. 초등학교 때 100점보다 받기 힘들다는 0점 시험지를 들고 온 날도 저랬고 중학교 때 남자아이와 밤새 돌아다니다 아빠에게 걸려 끌려왔을 때도 저랬다. 고등학교 때 배짱 좋게 시장 입구에서 담배를 피우다 엄마에게 걸렸을 때도 저랬다. 결혼하기 전 소라를 임신했다는 고백을 할 때도 역시 저랬다.

"또 뭐야?"

아빠 눈빛이 흔들렸다.

"무슨 일이야?"

엄마도 당황한 빛이 역력했다.

"시험에서 떨어졌어."

"학교 졸업한 지가 언젠데 무슨 시험……."

아빠가 말을 하다 멈칫했다.

"자격증 시험에서 떨어졌어."

뒷목을 긁는 작은누나의 손이 더 빨라졌다.

"뭐야? 내일모레 개업인데 자격증 시험에 떨어지면 어쩌란 말이야? 자격증 없이 가게를 개업하겠다는 말이야?"

"처음에는 사람 두고……."

"뭔 사람을 둬? 장사가 잘될지 안 될지도 모르는데 사람 두고 월급까지 나가게 하란 말이야? 아이고 머리야."

"다음 시험이 곧 있어. 꼭 될게, 꼭. 아빠, 손톱 만지는 거 재미있어. 잘할 수 있을 거 같다고. 이번에는 나를 꼭 믿어도 돼."

"요즘 믿어달라는 말이 유행이냐? 왜 너도나도 다 그런 말을 해?"

아빠가 뒷목을 잡고 작은누나는 두 손을 앞으로 공손히 모았다.

18

영준이가 교실로 들어섰을 때 수학 문제를 풀고 있던 설아는 우연히 고개를 들었다가 그대로 얼어붙었다. 설아 눈이 재빠르게 영준이의 머리부터 발끝까지 훑어 내려갔다.

영준이는 설아에게 다가와 책상 양쪽 모서리를 잡고 허리를 낮춘 채 아무 말도 하지 않고 설아를 바라봤다. 설아가 움찔거리며 몸을 뒤로 젖혔다. 영준이는 입술을 굳게 다물고 잠시 설아를 쏘아본 다음 자리로 돌아갔다.

"재 왜 저래?"

수경이가 쪼르르 달려왔다.

"영준이 재가 혹시 너 좋아하는 거니?"

수경이는 엉뚱한 소리를 했다. 설아는 나와 영준이 사이를 누구에게도 말하지 않고 있는 거 같았다.

설아는 대답 대신 얼굴을 찡그리며 수경이를 노려봤다.

"그럼 왜 저래? 오랜만에 학교에 와서 왜 너한테 그러느냐고?"

"나도 몰라."

설아는 더 이상 말하기 싫다는 듯 고개를 돌려버렸다.

설아 표정은 복잡했다. 할아버지 장례를 치르느라 결석했다고는 하나 그 전날, 서지호와의 사건도 있는 데다가 교실에 들어오자마자 영준이가 뜻밖의 행동을 했으니 말이다.

'혹시?'

문득 머리를 스치고 지나가는 생각 하나가 있었다. 영준이는 전학 가기 전에 마지막으로 하나만 더 도와달라고 했다. 그게 설아와 관련된 것일까.

'설아는 더 건드리고 싶지 않은데.'

온종일 불안했다. 솔직히 말하면 또 설아와 엮이고 싶지 않았다. 영준이야 곧 전학 간다고 하지만 나는 남아 있어야 한다. 머지않아 겨울 방학이고 졸업이긴 하지만 설아와 같이 있어야 하는 그 시간이 나에게는 천 년보다 더 길게 느껴질 게 뻔하다. 그렇다고 해서 영준이 말에 싫다고 할 수는 없었다.

수업을 마치고 영준이가 개인 톡을 보내왔다.

–지하철역 편의점 앞에서 만나자.

오늘이 바로 그날이라는 촉이 왔다. 의문인 것은 뭔가 사건을 만들 때는 단톡방에 올리는데 이번에는 그게 없다는 거다.

가게로 가기 전에 편의점 앞으로 갔다. 교실에서 먼저 나갔던 영준이는 벌써 와서 기다리고 있었다. 낮에 이곳에서 영준이를 만난 거는 처음이었다. 늘 밤에만 만났었다. 불빛을 등에 지고 바라보던 영준이 얼굴과 지금의 얼굴은 달라 보였다. 장소 또한 같은 곳임에도 불구하고 낯설었다.

"이번이 마지막이야."

영준이가 말했다.

내 촉이 들어맞았다.

나는 불안한 눈빛으로 영준이를 바라봤다.

영준이는 얼른 말을 꺼내지 못하고 망설였다. 나는 영준이가 망설이는 그 잠깐의 시간 동안 마음속으로 간절히 바랐다. 제발 설아와는 엮이지 말게 해 달라고,

"나는 서일이 네가 꼭 좀 도와줬으면 좋겠다. 그래 줄 거지?"

"…… 응."

한 박자 늦게 대답했다.

"그게 있지. 뭐냐면 말이야."

뭔데 저렇게 뜸을 들일까, 늘 단도직입적으로 말하던 모습과는 달랐다. 불안감이 밀려왔다.

"니네 큰누나, 큰누나 일이야."

쿵! 거대한 바위가 정수리를 내리치는 느낌이 들었다. 그 느낌은 강했다. 잠깐 머릿속이 하얘지며 아무 생각도 나지 않았다. 잠시 후 서서히 머릿속을 가득 메우고 있던 안개가 걷히면

서 영준이 얼굴도 똑바로 보였다.

큰누나가 영준이에게 무슨 실수라도 했던 걸까. 큰누나는 기억을 못하고 있지만 그럴 수도 있겠다. 큰누나를 가게에서 처음 보던 날 영준이는 좀 이상했다.

"니네 누나가 가게에 엄청 오고 싶어 하던데 말이야. 니네 큰누나를 가게 주방에서 하루 일하게 해. 그리고 그날, 날짜와 시간을 나한테 알려줘. 이건 있지…… 한 치의 오차가 있어서는 안 돼."

영준이는 진지하게 말했다.

"그건 곤란해."

나는 처음으로 영준이가 하는 말에 고개를 저었다.

"왜? 니네 누나라서?"

영준이 표정이 한순간 싸늘하게 변했다.

"니네 누나든 누구든 다 똑같은 거 아니니? 그걸 알려주려고 하는 거야. 니네 누나는 알아야 하고."

나는 영준이 말을 알아듣지 못했다. 큰누나에게 뭘 알려주려고 한다는 말인지, 그리고 누가 누구와 어떤 점이 똑같다는 말인지.

"아빠 허락 없이는 주방에 들어가기 힘들어."

영준이가 큰누나를 왜 끌어들이는 건지 알 수 없지만 큰누나는 나의 누나이다. 동생이 누나가 곤경에 빠지는 것을 두고 볼 수는 없다. 아니, 곤경에 빠지도록 도울 수는 없는 거다. 나는 가장 합리적인 핑계를 댔다. 큰누나가 가게에 얼씬조차 하기 힘들다는 거는 영준이도 봤으니까 알 거다.

"마지막이라는데 안 돼?"

영준이가 두어 걸음 나에게 다가왔다.

"잘 생각해보면 방법이 있을 거야. 잘 생각해봐. 믿는다."

영준이는 내 어깨를 두어 번 두드려주었다. 싸늘했던 표정이 어느 새 따뜻하게 변해 있었다. 영준이는 싱긋 웃어 보인 다음 돌아섰다.

"우리 큰누나한테 왜 그래?"

나는 용기 내어 물었다.

"좀 전에 말했잖아. 잘난 척해봤자 별거 아니라는 걸 알려주고 싶어서 그런다고. 하지만 너무 걱정하지 마. 내가 네 누나한테 심하게야 하겠니? 절대 그렇지 않아."

말을 마치고 영준이는 쌩하니 가버렸다.

'큰누나도 주방에 들어오고 싶어 하긴 하는데. 어쩌면 그거 좋은 일 아닌가?'

가게로 오면서 문득 그런 생각이 들었다.

'아빠도 큰누나가 개발한 치킨을 마음에 들어 하는 거 같기도 하고.'

영준이가 어떤 계획을 만들고 있는지는 모르지만 그다지 걱정할 필요는 없을 듯했다. 그리고 장소 또한 우리 가게이다. 오미진이나 수경이 그리고 설아와 같은 일은 만들려고 해도 만들

수 없다. 거꾸로 따져보면 큰누나에게 좋은 일이 될 수도 있다. 나는 영준이 말을 들어주기로 결심했다.

큰누나의 주방 입성은 가능할 수도 있을 듯했다. 하지만 내가 아빠에게 말을 할 수는 없었다. 내 말이라면 절대 듣지 않을 거다. 짱구 형 말이라면 아빠가 들어줄 확률이 높다.

내 말을 들은 짱구 형은 두말도 하지 않고 그러자고 했다.

"야, 개발자가 나서서 만드는 거를 직접 봐야지. 그래야 확실한 맛이 나오는 거거든. 내가 똥집양념바비큐 개발했을 때 구름이 이모 같은 선수도 내가 생각했던 맛을 제대로 못 내더라고. 주방에서 구름이 이모가 치킨을 만들 때 참견하고 보완하고 해서 제대로 된 맛을 낼 수 있었지. 너 참 좋은 생각했다. 사장님도 큰누나 치킨을 마음에 들어 하시니까 찬성하실 거다."

"그치? 그런데 큰누나가 주방에서 일해도 괜찮겠지? 아무 일도 일어나지 않겠지?"

나는 짱구 형에게 물었다. 일이 술술 풀리자 영준이의 계획이 슬쩍 걱정이 되었다.

"무슨 일이 일어날 게 뭐 있어? 닭 튀기는 기름이 펄펄 끓기는 하지만 큰누나가 애도 아니고 데일 염려도 없을 테고 또 구름이 이모랑 사모님이랑 화천이모도 있는데 뭔 걱정이야. 큰누나한테 위험한 일을 시키지는 않지."

"그렇겠지?"

나는 고개를 끄덕였다.

"그럼 당장 사장님에게 말한다. 나중에 바빠지면 말할 시간도 없어. 사장님!"

짱구 형은 조금의 망설임도 없이 주방에서 이것저것 참견하고 있는 아빠를 불렀다. 아빠가 돌아봤다.

"사장님, 좀 나와보세요."

"누구를 나와라 마라야. 참 나원, 지구가 반대로 돌아가고 있나, 세상이 어찌 되려고 콩알만 한 놈이 어른한테 명령을 해?"

"급한 일이에요."

아빠가 뭐라고 하거나 말거나 짱구 형은 얼굴색 하나도 안 변하고 손가락까지 까닥였다. 에라이, 이 싸가지와 예의는 국에 말아 먹은 놈아, 아빠는 욕을 하면서도 주방에서 나왔다.

"이거 상당히 중요한 얘기인데요."

짱구 형이 목소리를 낮췄다.

"중요한 얘기라고? 그것도 상당히?"

"그렇다니까요. 사장님, 똥집양념바비큐 있잖아요."

똥집양념바비큐 얘기를 꺼내며 진지해지는 짱구 형을 보자 순간 아빠 얼굴이 굳어졌다.

"그 얘기는 왜 뜬금없이……."

"개발비 달라는 얘기 아니니까 그렇게 겁먹을 거 없고요. 구름이 이모도 처음에는 제가 말하는 레시피대로 맛을 제대로 못

냈었잖아요. 그래서 제가 몇 번이나 같이 만들어봤었지요. 기억하시죠?"

"알지."

개발비 얘기가 아니라는 말에 아빠 표정이 평온해졌다.

"큰누나가 개발한 치킨 있잖아요. 그거 본격적으로 시작하면 대박일 거 같지 않아요? 저는 어쩐지 그런 감이 확 오는데요. 그 치킨으로 사장님이 건물 하나를 더 살 거 같은 예감이요."

"건물 사기가 그렇게 쉬운 건 줄 알아?"

아빠는 말과는 달리 눈에서는 빛이 나고 있었다.

"되는지 안 되는지 일단 한 번 시작해보시죠. 닭 집을 따로 내는 것도 아니고 메뉴 하나 추가하는 건데 사장님은 절대 손해 보시는 일이 아니잖아요?"

"그야 그렇지만 왠지 큰애가 개발한 게 찜찜해. 큰애가 치킨에 관심 갖는 거 머리 싸매고 반대했는데 말이다."

"에이, 사장님은 진정한 사업가가 아니군요. 그러다 큰누나가 그 메뉴를 잘나가는 치킨 프렌차이즈 본사에 넘기면요? 그때 감당하실 수 있으세요?"

"이놈이…… 협박을 해라, 협박을. 설마 딸년이 자기네 치킨집을 두고 다른 곳과 손을 잡겠어? 그러면 사람도 아니지. 그러는 날에는 부모 자식 간에 연을 끊어야지. 그리고 큰애가 그럴 배짱이 있지는 않아."

"푸훗."

짱구 형이 웃었다. 아빠가 눈을 부릅떴다.

"믿는 도끼에 발등 한 번 찍혀보고도 그런 말씀을 하세요? 큰누나가 그런 배짱 없다고 누가 그래요? 저도 아는 일을 왜 사장님은 모르세요? 에이그, 또 발등 찍히시려고."

짱구 형은 아빠를 살살 약 올렸다. 배달이 없으면 탁자 위도 좀 닦고 음료수 냉장고도 닦으라며 딴소리를 하던 아빠가 잠시 후 주방을 향해 소리쳤다.

"그 뭐냐, 저번에 큰애가 개발한 그 치킨 말인데 한 번 정식으로 만들어보지."

"그러려면 개발자가 참석하여 함께 만들어봐야 하는데요."

짱구 형은 그 순간을 놓치지 않았다.

"내일 가게 문 열자마자 큰애 나오라고 해서 한 번 만들어보지 뭐."

아빠가 한참을 고민하다 결정했다. 가게 문은 열두 시에서 한 시 사이에 연다. 손님이 없을 시간이라 누군가에게 눈에 띨 확률이 낮다. 나도 아빠 말을 듣는 순간 마음이 놓였다. 그 시간에 영준이와 나는 학교에 있으니까.

저녁 무렵 영준이는 개인 톡으로 확인을 했다.

–어떻게 되었는데?

나는 아직 결정이 안 되었다고 말하며 시간을 벌었다. 되도록 영준이에게는 늦게 알리는 게 나을 거다.

나는 가게 문을 닫기 직전 내일 점심 무렵에 큰누나가 가게에 나올 거라는 문자를 보냈다.

19

아침 일찍 단톡방이 울렸다. 한동안 조용해서 잊고 있던 단톡방이었다.

– 준아, 잘해.

나에게 마지막이라고 하더니 준이에게도 뭔가 시킨 모양이었다.

– 서일이도.

단톡방이 울리고 나서 잠시 후 영준이가 개인 톡을 보내왔다.

– 오늘 조퇴해라. 늦어도 점심시간 전까지.

조퇴를 하라는 말은 큰누나가 가게로 나오는 시간에 맞춰 나도 가게로 오라는 말이다. 내가 너무 안일하게 생각했다. 영준이의 계획은 예상보다 철두철미할 거 같았다. 두려움이 밀려왔다.

영준이는 결석을 했다. 두려움은 배가 되었다.

준이가 조례를 마치고 나가는 담임을 잡았다.

"서일이 죽게 생겼는데요. 애가 좀 이상해요."

그렇지 않아도 무슨 핑계로 조퇴를 하나 고민하고 있을 때였다. 나는 준이 말에 고개를 숙였다.

"왜?"

담임이 물었다.

"아까 학교에 오면서 보니까 공원 공중화장실에서 나오더라고요. 배를 움켜잡은 게 많이 아픈가 보다 생각하는데 막 토하더라고요."

"보건실에 가서 증상 말하고 약 받아먹어."

담임은 싸늘하게 한마디 하고 나갔다.

그다음은 어떻게 해야 할지 알고 있다. 보건실에 가서 죽는 소리를 했다. 보건 선생님은 약을 주며 먹고 침대에 누워 있으라고 했다. 시간이 지나면서 이래 갖고는 안 될 거 같아 헛구역질도 해대고 침대에서 데굴데굴 굴렀다.

"병원에 가봐야겠다."

몇 시간이 지나고 나서야 보건 선생님 입에서 드디어 이 말이 떨어졌다.

담임은 내일 진찰 기록을 떼어오라고 했다.

–학교에서 나오면 문자해.

교문에서 나와 휴대폰을 확인했다. 영준이에게서 문자가 와 있었다.

–나왔어.

–그럼 병원부터 가. 지하철 3번 출구 앞 김 내과.

영준이 톡에 잠깐 어안이 벙벙했다. 아프지도 않은데 병원을 가라고 하다니, 하지만 곧 영준이가 무슨 말을 하는지 알 수 있었다. 학교에 제출할 진단서를 챙기라는 말이다.

일단 집으로 가서 가방을 던져놓고 돈을 들고 나오기로 했다. 집에는 닐드만 있었다. 닐드는 힐끗 한 번 돌아보더니 별 볼일 없다는 듯 소파에 올라가 돌아누워버렸다.

병원에서 영준이가 기다리고 있었다. 영준이는 내 주머니에 뭔가를 넣어주었다.

"이따 큰누나가 만든 치킨에 넣어. 솔솔 뿌려도 돼. 아, 먹어도 죽거나 아픈 거 아니야. 건강에 아무런 문제없는 거니까 걱정하지 마."

영준이는 병원비를 내주고 먼저 병원에서 나갔다. 영준이가 준 꼬깃꼬깃한 종이를 펼치자 약간의 가루가 있었다.

영준이는 몇 번이나 문자를 더 보냈다. 절대 위험한 거 아니라고. 정 못 믿겠으면 자기와 주고받은 문자를 보관하고 있다가 문제가 생기면 알려도 좋다고.

'이걸 진짜 뿌려야 하나?'

영준이는 절대 위험한 게 아니라고 하면서 문제가 없다고 큰소리쳤지만 만약에 영준이가 거짓말을 하고 있다면 그건 그야말로 큰일이다. 아무래도 이번에는 영준이가 시키는 대로 할 수 없을 거 같았다.

작은누나가 소라를 데리고 와서 가게 문에 매달려 징징거리고 있었다. 아빠아, 제발 한 번만 더 믿어주고 사람 좀 쓰게 해주세요, 다음 자격증 시험에는 꼭 붙을게요, 속는 셈 치고 한 번만 더 믿어봐요. 징징징, 안 하던 존댓말까지 깍듯이 하며 작은누나가 애걸복걸 사정하고 있었지만 그러거나 말거나 아빠는 못 들은 척 가게 안 청소를 하고 있었다.

"그럼 가게 어떻게 해? 인테리어까지 다 했는데."

작은누나가 울먹였다.

"다 때려 엎어. 내가 이제 자식들 말을 믿으면 손에 장을 지진다. 뭐? 자격증 시험은 눈을 감고 쳐도 붙어? 그냥 형식적인 절차일 뿐이야? 어이구, 내가 미쳤지. 자식 말만 믿고 자격증이라는 것을 너무 우습게 생각했지. 다 때려 엎어버리고 김 서

방보고 제발 취직하라고 하고 너는 소라 어린이집에 보내고 여기로 나와서 일해. 서빙도 하고 배달도 하고 설거지도 하고. 니네 엄마도 이제 쉬엄쉬엄해야지. 자식들이 하도 속을 끓여서 요즘 보면 확 늙었더라. 내가 누님을 모시고 사는 기분이야."

웬일로 엄마 생각을 해주나 했는데 역시 한국말은 끝까지 들어봐야 했다. 엄마는 그러려니 하는데 화천이모가 무슨 말을 그렇게 하느냐고 엄마 대신 발끈했다. 다정한 거하고는 거리가 먼 남편 만나서 평생을 일만 죽어라고 한 사람한테 그렇게 모진 말을 할 수 있느냐고 어색한 발음으로 화천이모 일처럼 팔짝 뛰었다. 화천이모가 보기에는 아빠가 엄마의 아빠처럼 보인다고 강펀치를 날리는 것도 잊지 않았다.

"나는 치킨집에서 일하기 싫어. 내 스타일이 아니라고."

"누군 닭 스타일이라서 닭 집 하는 줄 알아? 다 먹고 살려고, 자식들 공부시키려고 시작했던 거지. 내가 늘 하는 얘기지만 너는 닭 판 돈으로 밥먹고 닭 판 돈으로 학교 다녔고 닭 판 돈으로 시집가고 닭 판 돈으로 네 아파트도 사주었어. 그걸 왜 자꾸 까먹어? 나는 처음부터 닭 스타일이었는 줄 아느냐고, 응?"

아빠가 소리를 치는 통에 소라가 울음을 터뜨렸다. 우는 소라를 안고 작은누나도 찔끔거렸다. 사정 모르는 남들이 보면 아빠가 딸도 부족해서 손녀까지 싸잡아 야단치고 있는 줄 알겠다.

밖에서야 소동이 있거나 말거나 큰누나는 주방에서 구름이 이모와 치킨 만들기에 열중하고 있었고 그 옆에서 짱구 형이 지켜보고 있었다.

"너는 왜 벌써 와?"

아빠가 그제야 나를 발견하고 물었다.

"아파서요."

"아파? 어디가?"

아빠가 묻기도 전에 엄마가 주방에서 나오며 물었다. 짱구 형과 큰누나 그리고 구름이 이모도 돌아봤다.

"아프면 집에 들어가. 오늘은 큰누나도 있고 작은누나도 있으니까 너는 없어도 상관없어."

엄마가 울고 있는 소라를 안으며 말하는 순간 가게 안으로 두 사람이 들어섰다. 아이보리색 슈트를 말끔하게 차려입은 남자와 길에서 보면 한 번 더 눈이 갈 정도로 괜찮게 생긴 여자였다. 둘 다 30대 초반으로 보였다. 아이보리색 슈트의 남자는 미간을 찡그리며 맨 안쪽 자리에 앉아 메뉴판을 훑어봤다.

아빠는 엄마에게 안겨 우는 소라를 작은누나 품으로 안겨주며 밖으로 나가라는 눈짓을 보냈다. 작은누나는 이따 다시 오겠다는 말을 남기고 돌아갔다.

"어서 오세요. 그런데 어디서 많이 본 듯하군요. 이 동네 사시나? 그래서 낯이 익은 건가?"

아빠가 얼굴 가득 웃음을 머금고 물었다. 그러고 보니 나도 남자가 낯익었다.

"이 동네 살지는 않지만 저도 사장님 잘 알지요."

아이보리색 슈트의 남자가 가게 안을 쓰윽 둘러보며 말했다. 언뜻 들으면 평범한 인사말 같지만 얼굴 가득 비웃음을 담고 있었다.

"저를 안다고요? 하하하하하, 우리 가게야 워낙 유명하니까 그럴 수도 있지요."

"꼭 여기서 점심을 먹어야 해?"

여자는 탁자를 검지손가락으로 문지르며 얼굴을 찡그렸다. 뭔가 마음에 들지 않는 눈치였다.

"나중에 판사가 될 거잖아. 판사가 될 거면 두루두루 세상에 대해 보는 눈도 키워놔야 해. 법 위에 사람이 있다는 것을 배워놔야 괜찮은 판사가 될 수 있는 거지."

아이보리 슈트를 입은 남자가 점잖게 말했다.

"판사요? 이 분이 판사? 아직 어려 보이시는데?"

아빠 목소리가 갑자기 공손해졌다.

"아 아직 판사는 아니고요. 지금은 검사인데 앞으로 판사를 꿈꾸지요."

아이보리 슈트 차림의 남자가 자랑스럽게 말했다. 겸손한 건지 아니면 자기 말을 하는 게 언짢은 건지 여자는 입술을 앙다물었다.

"아이구야? 요즘은 사법고시가 없어지고 그 뭐냐, 로스쿨인가……."

"이쪽은 사법고시 출신이에요. 일단 주문하지요. 저번에 누가 그러던데 이 집에서 새로 개발한 치킨이 있다고 하던데요. 그거 한 마리 주세요."

"어떤 걸 말하는 건지…… 아하, 그거요? 그게 그새 소문이 났나요?"

아빠는 주방으로 들어가 구름이 이모 옆구리를 푹푹 찔렀다. 곧 큰누나의 치킨 냄새가 가게 안에 가득 찼다. 양념을 한껏 더 업그레이드했는지 지난번의 냄새와는 약간 달랐다. 뭔가 깊이가 느껴지는 냄새였다.

야외 탁자를 내놓고 있을 때 영준이가 전화를 했다. 왜 문자를 확인하지 않느냐는 말이었다. 아이보리색 슈트를 입은 남자에게 정신이 팔려 있는 바람에 휴대폰이 울리는 줄도 몰랐다.

-방금 아이보리색 슈트를 입은 사람 들어갔지? 그 사람이 먹을 치킨에 아까 그거 뿌려.

나는 문자를 확인하고 답 문자를 보내지 않았다. 아무리 생각해도 그럴 수는 없다. 가루의 정체도 모르면서 말이다. 큰누나가 달린 문제이기도 했지만 또 다른 문제도 있다. 아빠가 그랬다. 사람이 먹는 거로 장난쳐서는 안 된다고. 먹는 거는 사람의 생명과 건강으로 직결된다고 했다. 그래서 아빠는 닭을 받을 때 좀 비싸더라도 싱싱한 거로 받는다. 오픈 때부터 함께 있던 구름이 이모는 아빠의 그런 정신이 장사가 잘되는 비결일 수도 있다고 했었다. 아빠 말대로 닭을 판 돈으로 밥을 먹고 열일곱 살까지 살았다. 공부하고 거리는 멀지만 닭을 판 돈으로 학원도 다녀봤고 과외도 해봤다. 닭을 판 돈으로 옷도 사 입었다. 그런데 다른 것도 아니고 그런 고마운 닭에게 그럴 수는 없었다.

큰누나가 개발한 치킨은 우아한 윤기를 머금고 나왔다. 땅콩 가루가 뿌려진 자태가 보기만 해도 침이 넘어갈 정도였다.

"맛있게 드시고 소문 좀 많이 내주세요."

"보기에는 그럴 듯하군요."

남자가 또 비아냥거렸다. 맛을 본 아이보리 슈트 남자의 얼굴빛이 변했다. 뭔가 당황한 듯한 눈치였다.

"어떻게 된 거야?"

여자가 나지막하게 속삭이는 소리가 들렸다. 아이보리 슈트 남자가 여자를 향해 미간을 찡그렸다.

"와, 오랜만입니다."

마침 큰누나가 화장실에 가려는지 주방에서 나왔고 아이보리 슈트 남자가 손을 번쩍 들더니 반가워했다.

"저 모르시죠? 당연히 모르시겠지요. 이렇게 마주보는 거는 처음이니 말입니다. 하지만 저는 그쪽을 두어 번 봤지요. 얼마나 턱을 치켜들고 다니시는지 얼굴보다는 턱밑에서 목까지의 선이 더 낯익지만 말입니다. 저, 신 의원 님 아들입니다."

아이보리 슈트 남자 말에 아빠 얼굴은 새하얗게 질렸다. 엄마와 구름이 이모도 손을 멈추고 바라봤다. 정작 큰누나만 아무 일도 없는 척 화장실 쪽으로 걸어갔다.

"소문에 듣자 하니 미국 가셔서 돈 많은 남자한테 차이셨다고요? 미국에서도 재벌인 남자였다는데 참 안되셨군요. 뜻을 이루지 못하고 마음의 상처만 안고 돌아오셨다고요?"

그 말에 큰누나가 걸음을 멈췄다. 가게 안에는 잠시 적막이 흘렀다. 어쩐지 얼굴이 낯이 익더라. 얼굴이 신 의원이나 영준이와 많이 닮아 있었다. 어떻게 셋이 다 닮지 않은 듯 닮을 수가 있을까.

"행정고시 합격했다는 그 아들이요?"

구름이 이모가 주방 안에서 목을 쭉 내밀고 물었다. 짱구 형이 구름이 이모 팔을 쳤다.

"하하하하하하."

아이보리 슈트 남자는 대답 대신 웃었다.

"왜요? 행정고시 합격했다니까 이제야 아깝다는 생각이 드나요? 잘 알고 계시겠지만 그때 소문이 자자했지요. 얼간이 같은 놈이 감히 누구를 넘보느냐고 여기저기 떠들고 다니셨다고요? 그러는 바람에 저는……."

아이보리 슈트 남자, 아니 신 의원 아들은 무슨 말인가 하려다 그만두었다. 아빠는 아무 말도 하지 않았다. 그런 소문을 내고 다닌 게 맞는 듯했다. 신 의원 아들이 하려다 만 말이 짐작되었다. 그 바람에 신 의원 아들은 동네 창피를 당한 뒤 이를 악물고 공부해서 성공했다는 말이 아닐까. 이야기가 약간 신파적이긴 해도 사실이긴 하다.

"그렇게 잘난 척해봤자 겨우 이런 가게에서 치킨 튀길 거면서……."

신 의원 아들이 또 말을 하다 말았다.

"이런 가게라니?"

아빠가 발끈했다.

"가자."

신 의원 아들이 자리를 박차고 일어나 여자 손목을 휘어잡았다.

"잠시만요."

큰누나가 신 의원 아들을 똑바로 바라봤다.

"세상 다 사셨나요?"

큰누나가 물었다.

"뭐요?"

"세상 다 사셨냐고요? 저는 아직 서른도 안 되어서요. 아직 수많은 시간이 남아 있지요. 댁이 행정고시라는 것을 잡은 것처럼 저에게도 역전의 시간은 얼마든지 있다는 말이에요. 다 산 것처럼 말하지 마세요."

"옳지, 잘한다. 그으럼, 아직 서른도 안 되었는데 앞날을 어떻게 알아? 새로 개발한 치킨으로 우리 가게가 세계로, 아니지, 그 뭐냐 좀 고급스러운 말로 글로벌 기업이 될지 누가 아느냐고."

아빠가 말했다.

"아이고야, 글쎄올시다. 이딴 쥐구멍 같은 가게에 볕 들 날이 과연 올까요?"

신 의원 아들은 비웃음을 한껏 담은 표정으로 가게에서 나갔다.

"에이, 재수 없어. 소금 갖고 와. 저런 놈하고 애초에 엮이지 않은 게 천만 다행이다."

아빠는 화천이모가 가져다 준 굵은 소금을 문 밖에 팍팍 뿌렸다.

"아, 그나저나 쪽팔려서 어찌 사나. 소문이 금세 다 퍼질 텐데. 아니지, 저놈도 알고 온 거 같은데 이미 알 만한 사람은 다 알고 있는 건 아닌지 모르겠다."

"알면 좀 어때요? 큰누나가 사람을 죽였어요? 도둑질을 했어요? 치킨 장사로 보란 듯 성공하면 되는 거지요. 사장님도 좀 전에 그러셨잖아요. 글로벌 기업, 이야, 그거 참 멋진 말이네요. 치킨으로 전 세계를 평정하는 거지요. 혹시 글로벌 기업이니 뭐니 이 말은 신 의원 아들 들으라고 그저 한 말인가요? 사장님은 치킨 장사가 창피하세요? 저는 그동안 사장님이 닭에 대해서는 꽤 자랑스럽게 생각하는 줄 알고 있었는데요, 그래서 욕을 하고 개발비를 떼먹는 악덕 사장님이어도 참고 있었던 건데요. 가장 중요한 장사 정신은 배워야겠다는 생각에 말이지요."

"누가 창피하대? 그리고 내가 뭐 악덕? 알고나 말해, 새끼야. 세상 모든 가게 사장들이 나 같으면 그야말로 살 만한 세상이지. 내가 네 똥집 개발비를 아주 떼어먹을 줄 알았냐? 덥석 돈 주면 흐지부지 써버릴까 봐 다 네 몫으로 적금 들고 있……."

아빠가 말을 하다 아차 싶은지 손바닥으로 입을 막았다.

"진짜요? 진짜 제 몫으로 적금 들고 있어요?"

"아, 이놈의 입이 방정이네. 가게 낼 때쯤 보태라고 주려고 했는데."

"왜요? 나중에 짠하고 주면서 저를 감동시키려고 그러셨어요? 지금도 충분히 감동이에요, 감동. 사장님이 저를 이렇게 생각하는 줄은 꿈에도 몰랐네요."

짱구 형이 아빠를 덥석 껴안았다.

20

짱구 형이 등 떠미는 바람에 가게에서 나왔다. 짱구 형은 아프면 아프다고 징징거릴 줄도 알아야 한다고 했다. 가게에서 나온 걸 어떻게 알았는지 영준이가 귀신같이 전화를 했다. 영준이 목소리를 듣는데 가슴이 철렁했다. 차갑고 싸늘했다. 다른 날의 영준이와 달랐다. 한 시간 뒤에 편의점 앞에서 만나자고 했다. 치킨에 뿌리라던 가루 때문에 그런 게 분명했다.

'뿌렸다고 할까. 뿌렸는지 안 뿌렸는지 영준이가 어떻게 알아?'

나는 가루를 싼 종이를 천천히 펼쳐 손가락으로 가루를 찍어 혀에 대보았다.

"아, 짜."

혀가 놀랄 만큼 짜고 떫은맛이었다.

'대체 이걸 왜 뿌리라고 한 거지?'

머릿속이 복잡해졌다.

큰 도로로 접어드는 길목에서 나는 걸음을 멈췄다. 모퉁이에 자리 잡은 케이크 카페 안에 낯익은 뒷모습이 보였다. 신 의원 아들과 그 여자였다. 둘은 출입문 쪽으로 등을 대고 나란히 앉아 있었다. 화분이 가려 완벽하게 보이지는 않았지만 틀림없었다.

나도 모르게 케이크 카페 안으로 들어갔다. 주머니를 탈탈 털어 핫초코를 사서 신 의원 아들과 여자가 앉은 뒷자리에 앉았다. 둘은 알아듣지 못할 말을 하며 시시덕거리고 있었다. 행정고시를 패스했다고 해서 또 현직 검사라고 해서 말과 행동에 품위가 있으라는 법은 없지만 둘은 자신들과의 직업과는 거리가 멀어도 너무 멀어 보였다. 내가 보기에는 그랬다.

"오늘 바로 가야 해?"

시시덕거리는 말끝으로 여자가 또렷하게 말했다. 나는 자리를 고쳐 앉으며 귀를 기울였다.

"가야지. 아마 오늘 가지 않으면 아버지가 확인 전화할 걸. 어떻게 딱 외할아버지가 돌아가신 날에 맞춰서 일이 이렇게 된 거지. 참 신기하지. 아휴, 나도 답답한 시골에서 갇혀 지내기 싫은데 어쩌겠어. 쪽팔린다고 이쪽 근처에는 얼씬도 하지 말라고 하는 걸. 그래도 시원하다. 내가 시골로 쫓겨난 이유의 시작은 바로 그 여자와 그 여자 아버지 때문이었는데. 나는 뭐 그렇게 고리타분하게 생긴 여자가 마음에 들었겠어? 그냥 아버지가 하는 말이었지. 그걸 곧이곧대로 듣고 동네방네 떠들고 다닌 그 여자 아버지를 생각하면 자다가도 분한데 영준이 덕에 분이 좀 풀렸네. 약속대로 치킨 맛이 이상했으면 더 좋았을 텐데 좀 아쉽네. 야, 그런데 사람 어떻게 될 줄은 진짜 모르겠다. 나는 영준이 말을 듣고 설마 했는데 진짜로 귀국해서 치킨을 튀기고 있다니."

척 들어도 아빠와 큰누나 이야기였다. 약속대로라는 말은 치킨에 가루를 넣는 거?

"덕분에 오늘 검사도 되어봤네."

여자가 큭큭 웃었다.

"야, 나는 이 슈트 불편해서 죽겠어. 행정고시 패스한 공무원이 다 이런 옷 입나? 하여간 시 의원할 때 양복만 쭉쭉 빼입고 다니더니 관공서 안에서 근무하면 다 그런 줄 아나 보지. 그나저나 나도 뭘 하긴 해야 하는데. 심심해 죽겠어."

"진짜 행정고시 한 번 보든가."

여자 말에 신 의원 아들이 여자 어깨를 툭 쳤다.

"말이 돼?"

"말이 안 될 거는 뭐 있어? 아까 그 치킨집은 글로벌 기업의 꿈을 갖고 있던데. 자기도 나이 몇 살 안 되었잖아."

둘은 또 시시덕거렸다.

신 의원 아들이 행정고시에 붙었다는 말도 여자가 검사였다는 말도 다 거짓말이었다. 나는 내 귀를 의심했다.

"그런데 영준이 그 새끼 또 전학 간다더라. 아버지한테 영준이는 눈엣가시지. 나보다 더 큰 가시이고 감추고 싶은 존재야. 나야 어려서부터 공부도 못하고 하지 말라는 짓만 골라서 하는 바람에 아버지 눈 밖에 나서 이 꼴이지만 영준이는 아니거든. 공부도 제법 하는 거 같더라고. 그 자식 자기 엄마 닮아서 생기기는 또 얼마나 잘생겼는데. 어렸을 때는 밝은 성격으로 보였는데 크면서 자기 엄마의 존재를 알고 나서 확 변했어. 영준이는 자기 엄마 얼굴도 모를 텐데 자기 엄마가 아버지 돈 보고 영준이 저를 낳고 가버린 거라고 생각하는 거지. 또 아버지가 왜 영준이 저를 남들 앞에 내놓지 않고 감추고 싶어 하는지도 알게 된 거고 말이야. 내가 여기 살 때는 자주 봤는데 아버지 앞에서 걸핏하면 자기 엄마를 저주한다면서 대들었어. 엄마라고 안 해. 그 여자라고 하지. 진짜 저주하는 거 같더라."

"어머, 돈 때문에 영준이를 낳은 거야?"

"돈 보고 영준이를 낳은 게 아니라 좀 더 확실히 말하면 돈 보고 아버지를 만났다가 영준이가 태어난 거지. 영준이 낳고 바로 가버렸다더라. 뭐, 아버지가 보내버린 것일 수도 있지. 말도 마, 우리 엄마가 아버지 바람기 때문에 평생 속 끓이다가 일찍 돌아가신 거야. 아버지가 바람 핀 여자들을 줄로 세우면 서울에서 부산까지 갈 걸. 나는 우리 아버지가 원래 그런 사람이다 이러고 마는데 영준이는 그것도 보기 싫었던 모양이야. 아버지가 며칠 전에 열 받아서 하는 말을 들었는데 아무 상관도 없는 앞집 여자와 아버지 관계를 오해했나 봐. 아버지한테 정신 차리라고 그 여자와 다른 남자가 현관문 앞에서 헤어지는 장면을 찍어 아버지한테 보냈다던가? 좀 특이한 놈이지. 그래도 나는 그 놈이 싫지는 않더라. 있는 둥 마는 둥 살아야 하는 자신의 존재에 반발할 나이이긴 하잖아. 그만 가자."

신 의원 아들이 자리를 털고 일어났다. 나는 재빨리 먼저 케이크 카페에서 나왔다.

짱구 형에게 전화가 왔다.

"너 지금 많이 아프지?"

전화기 너머로 짱구 형이 엄청나게 미안해하고 있다는 게 느껴졌다.

"왜?"

"아프면 들어가라고 해놓고 이런 말 하기 진짜 미안한데 말이야. 지금부터 두 시간만 가게에 나와 주면 안 될까? 내가 어디 좀 가려고 하면 기다렸다는 듯 미친 듯 바빠져서 말이야. 갑자기 예고도 없이 단체 예약이 들어왔어. 무슨 회식을 대낮에 하고 난리야. 열다섯 명이 곧 온대. 사장님 혼자 감당 못할 거 같아. 혼자 할 테니 다녀오라고 큰소리는 치는데 내가 찜찜해서 말이야. 큰누나도 좀 전에 집에 들어갔거든."

내가 아프다는 걸 알면서 웬만해서는 이런 부탁을 할 짱구 형이 아니다. 당장 알았다고 하고 싶었지만 영준이 때문에 그럴 수가 없었다.

"삼십 분 뒤에 갈 수 있는데. 아니면 한 시간 뒤."

"그래?"

짱구 형이 실망하는 듯했다.

"벼, 병원이거든."

"아까 병원 갔다 온 거 같더니 또 갔어? 진짜 많이 아픈 모양이구나."

"어디 가는데?"

궁금해서 물은 것보다는 미안해서 물었다.

"사실은…… 만날 사람이 있어서. 지금 당장 만나자면 만날 수 있다고 하더라고."

순간 짱구 형이 누구를 만나러 가는지 촉이 왔다. 열다섯 살 엄마를 만나러 가는 거다.

"형 일단 나가. 내가 금방 갈게."

나는 약속을 하고 전화를 끊었다.

약속 시간이 지나도 영준이는 나타나지 않았다. 서지호를 손봐준다는 약속 말고는 다른 약속은 칼같이 지키던 영준이었다. 나는 영준이가 꼭 올 거라고 믿고 무작정 기다렸다.

영준이에게 전화가 온 것은 약속 시간에서 삼십 분이 지난 뒤였다.

"미안한데 지금부터 한 시간 뒤에 보자. 일이 좀 있어서."

영준이는 자기 할 말만 하고 급하게 전화를 끊었다.

일단 가게로 갔다가 다시 나오기로 했다.

짱구 형은 가게에 없었다.

"도대체가 뭔 큰 비밀인지 어디에 가느냐고 물어도 절대 대답을 안 해주네. 아픈 너까지 불러낼 애는 아닌데."

아빠는 걱정스럽게 말했다.

나는 부지런히 준비를 했다. 무를 작은 접시에 옮겨 담고 탁자 위에 젓가락과 숟가락 그리고 소금과 후춧가루를 놨다. 아빠는 사람들이 오면 내가야지 왜 그걸 벌써 준비하느냐고 뭐라고 했다. 하지만 한 시간 뒤에 나가야 한다고 생각하니 마음이 급했다.

곧 예약한 열다섯 명이 들이닥쳤다. 운동선수들인지 하나같이 한덩치 했다.

"이 집에서 제일 맛있는 메뉴가 뭡니까?"

그 중 제일 나이가 많아 보이는 남자가 물었다.

"다 제각각의 맛을 지니고 있지요. 그래도 굳이 추천을 하라면 똥집양념바비큐와 명품랜드 치킨입니다."

아빠 말에 주방에 있던 엄마와 구름이 이모, 화천이모가 약속이나 한 듯 놀라서 내다봤다. 명품랜드 치킨이라니! 나도 처음 듣는 메뉴였다.

"그게 뭡니까?"

화천이모가 물었다.

"어허, 그거 있잖아. 새로 개발한 치킨."

아빠가 다 알면서 왜 그런 질문을 하느냐는 듯 남자들 눈치를 보며 화천이모를 타박했다.

“그럼 그 명품랜드 치킨 열 마리하고 똥집양념바비큐 열 마리 주시고 일반 프라이드 열 마리 주십시오.”

“아이고 주문도 통 크게 하십니다. 여기 명품랜드 치킨 열 마리, 똥집양념바비큐 열 마리, 프라이드 열 마리요.”

아빠가 주방을 향해 소리쳤다.

“사장님. 치킨 이름이 왜 명품랜드입니까?”

주문을 한 남자가 물었다.

“전자랜드에 가면 온갖 전자제품이 다 있고 놀이랜드에 가면 온갖 놀이기구가 다 있지 않습니까? 명품랜드 치킨은 하나의 메뉴에서 치킨으로서의 명품 맛을 한꺼번에 골고루 맛볼 수 있지요. 한번 드셔보세요. 미국으로 유학 다녀온 사람이 개발한 메뉴입니다.”

“미국에 치킨 요리학교가 유명한가요?”

주문한 남자가 묻자

“팀장님, 원래 치킨의 시작은 켄터키 치킨이었잖아요. 켄터키가 미국에 있으니 당연히 치킨 요리로 유명하겠지요,”

맨 구석에 앉은 제일 덩치가 작은 남자가 말했다.

“하하하하하. 다들 저보다 더 잘 알고 계시니 저는 이쯤에서 노코멘트 하겠습니다. 이게 영업 비밀이라서요. 다만 드셔보시면 깜짝 놀랄 만한 맛입니다. 앞으로 저희 가게에 대표 메뉴로 우뚝 자리매김할 거고요. 그리고 내년 상반기 중으로 2호점을 낼 계획을 잡고 있고요.”

아빠가 목을 젖히며 웃었다. 아빠가 큰누나 레시피를 확실하게 인정하는 역사적인 순간이었다.

"오호 그래요? 2호점은 어디에 내실 건가요?"

"아직 장소는 정하지 않았는데 좋은 곳 있으면 추천해주시지요. 2호점은 미국 유학을 다녀온 명품랜드 치킨 개발자가 직접 운영할 거라서 기대하셔도 좋습니다. 하하하."

나는 큰누나에게 얼른 이 사실을 알려주고 싶었다.

"아, 그리고 말입니다. 가게 자리까지 옮기지는 않을 거지만 곧 리모델링도 깨끗하게 하려고요. 저기 저 뒤쪽으로 창고가 있는데 거길 확 터서 안을 좀 넓히고 그 뭐냐, 소리소리 질러가며 주문을 넣지 않아도 기계로 착착 주방에 알리는 새로운 시스템도 도입하고 아무튼 기대하시고 또 찾아주십시오."

나는 더 참지 못하고 뒤돌아서 큰누나에게 문자를 보냈다.

아빠가 큰누나의 레시피를 우리 가게의 대표 메뉴로 만들 예정이고 큰누나 말대로 고객을 위한 가게로 거듭나기 위해 리모델링도 한다고 말이다. 그리고 2호점도 계획하고 있다는 소식도 전했다.

치킨 서빙을 하고 길 건너 부동산에 배달을 다녀온 다음 아빠에게 어디 좀 잠깐 나갔다 오겠다고 말했다.

"아프면 들어가서 쉬어."

어쩐 일로 아빠가 이렇게 말했다. 나는 삼십 분 정도면 될 거라고 말하고 나왔다.

영준이는 편의점 앞에서 기다리고 있었다. 나를 본 영준이는 아무 말 없이 따라오라는 눈짓을 했다.

21

영준이가 걸음을 멈춘 곳은 하늘공원이었다. 깎을 때가 지나 길어진 앞머리가 이마를 덮고 있어서 영준이의 작은 얼굴은 더 작아 보였고 날렵한 콧날은 더 날렵해 보였다.

"왜 약속 안 지켰냐? 왜, 그게 독약이라도 되는 줄 알았냐? 그거 안 버렸지? 이리 줘봐. 그거 베이킹소다야."

영준이는 가루를 한입에 털어넣었다. 잠깐 영준이는 얼굴을 찡그렸다. 하지만 곧 원래의 표정으로 돌아왔다.

"나는 너를 진짜 믿었다, 나서일."

영준이는 낮고 무거운 목소리로 말했다. 나도 영준이와 약속한 거는 꼭 지키고 싶었다. 서로에게 이익을 주는 거래로 만난 사이지만 영준이는 아이들 중에 처음으로 나를 수평인 관계로 인정해줬다. 하지만 큰누나가 치킨 개발에 얼마나 힘을 들였는지 알고 있으면서 그럴 수는 없었다. 지금까지의 큰누나를 정리하고 새로운 큰누나로 거듭날 기회를 빼앗을 수는 없었다.

그리고 20여 년 간 한자리에서 치킨 장사를 하며 나름 맛집으로 자부하고 있는 아빠에게 그것은 치명타가 될 수도 있다. 먹는 거 갖고 장난치는 거는 있을 수 없는 일이라며 평소 입버릇처럼 말하는 아빠를 절망시킬 수는 없었다.

"배에 힘주고 어금니 꽉 깨물어."

영준이가 두어 발 뒤로 물러서며 나와 마주보고 섰다. 영준이가 뭘 하려고 하는지 알 수 있었다.

"큰누나는 지금 새로 시작하려고 해. 그걸 망칠 수는 없었어."

영준이에게 맞기 싫어서, 이 상황을 빠져나가기 위한 핑계를 대려는 게 아니다. 어쩐지 이 말을 해주어야 할 거 같았다. 영준이는 주먹을 불끈 쥐고 숨을 크게 들이쉬었다. 나는 눈을 질끈 감았다. 이제 곧 영준이의 주먹이 날아올 거다. 영준이 폼으로 봐서 주먹은 얼굴로 날아올 거다.

"그래 봤자 니네 누나가 바뀔 거 같아? 아니, 똑같아. 결국 목표는 돈이지. 고상한 척, 멋진 척하지 말라고 그래."

"닭 장사는 고상하고 멋진 게 아니야."

갑자기 닭 장사라는 말이 왜 나왔는지 나도 모르겠다. 마음속에서는 치킨 장사라고 말하려고 했는데 입은 닭 장사로 나왔다. 닭 장사! 말하고 보니 왠지 더 프로 정신이 느껴지는 것 같았다. 치킨 장사는 대한민국에서 자영업을 꿈꾸는 사람들이 가장 많이, 가장 쉽게 시작하는 업종이다. 치킨 장사는 어쩐지 흔

하디흔한, 쉽게 시작했다가 경기가 어려우면 쉽게 접을 수 있는 그런 장사 같다. 하지만 닭 장사는 다르게 느껴졌다. 닭 장사라는 말에는 유행에 업혀 가지 않는 고집 있는 장인 정신이 들어 있었다.

"큰누나는 절대 돈 때문에 그런 거는 아니야. 큰누나는 어렸을 때부터 치킨을 만들고 싶었대. 공부를 하면서도 항상 그 생각을 하고 있었대. 큰누나는 그 꿈을 이루려고 그러는 거야. 그리고 고상한 척, 멋진 척을 하려면 대학원에 가고 박사가 되고 교수가 되는 게 더 나아."

나는 여전히 눈을 감고 말했다.

"사람이 다 돈 때문에, 돈을 보면서 살지는 않아."

나는 말을 하며 갑자기 영준이 엄마를 떠올렸다. 왜 이 순간에 영준이 엄마가 생각났는지 모르겠지만 영준이 엄마도 돈 때문에 신 의원을 만나지 않았을 수도 있다. 진짜 신 의원을 좋아했을 수도 있고 다른 사정이 있을 수도 있다. 물론 그렇다고 해서 옳지 않은 것을 옳은 것으로 포장하고자 하는 것은 아니다. 잘 알지도 못하면서 혼자만의 생각으로 모든 것을 판단하지 않았으면 좋겠다는 생각이다.

"시끄러워 죽겠네. 맞기 싫냐?"

영준이가 물었다.

"영준아. 맞기 싫어서 그러는 거 아니야. 니네 엄마도 다른 사정이 있었을 수도 있어. 네가 모르는."

아, 내 마음이 그래도 이 말은 하지 않는 게 좋을 뻔했다. 나는 당황해서 눈을 번쩍 떴지만 차마 영준이 눈을 똑바로 바라볼 수는 없었다. 엄마 이야기는 영준이가 가장 숨기고 싶은 비밀일 텐데. 그 비밀을 이 순간에 말하는 것은 오해를 불러일으킬 소지가 많다. 맞기 싫어서, 이 순간을 모면하고 싶어서 그런다는 오해를 할 수 있다는 말이다.

"너, 우리 엄마에 대해 알아? 누구한테 들었어?"

영준이가 눈을 가늘게 뜨고 물었다. 틈을 보이지 않는 건조한 목소리였다. 그 퍽퍽한 목소리를 들으며 영준이가 내 대답을 듣지 않고는 그냥 지나가지 않을 거라는 확신이 들었다. 나는 신 의원 케이크 카페에서 신 의원 아들이 하는 말을 들었다고 말했다.

"기분 좋으니?"

영준이 눈가가 벌게졌다.

"내 비밀을 알고 나니 기분 좋으냐고? 내가 엄마 얼굴도 모르고 신 의원의 아들도 아닌 아들로 사는 걸 알아서 기분 좋으냐고?"

무슨 그런 말도 안 되는 소리를.

–퍽.

영준이 주먹이 턱으로 들어왔다. 얼굴이 깨져 나가는 거 같았다. 한 번 시작된 주먹질은 멈추지 않았다.

"네가 뭘 아는데? 네가 우리 엄마에 대해 뭘 알아서 다른 사정이 있을 거라는 말을 하느냐고! 그리고 네가 왜 그 여자를 내 엄마라고 불러? 누구 허락 받고? 그래, 좋다. 네 말대로 다른 사정이 있어서 신 의원을 만났다고 쳐."

영준이는 신 의원을 아빠라고 부르지 않았다.

"그럼 나는 왜 버렸는데? 다른 사정으로 신 의원을 만났으면 왜 나는 버렸는데? 원하는 만큼의 돈을 챙겼으니까 양심의 가책도 없이 조금의 망설임도 없이 가버린 거 아니야? 그러고 나서 단 한 번도 내 앞에 나타나지 않은 거 아니냐고? 네가 그 여자에 대해 그렇게도 잘 알면 한 번 말해봐. 말해보라고."

영준이가 악을 쓰며 울부짖었다.

"나는 그 여자를 저주해."

영준이가 다시 주먹을 치켜올렸다. 그때였다. 언제 왔는지 짱구 형이 나타나 영준이 손목을 잡았다.

"할 말이 있으면 말로 하지 왜 때리고 지랄이야, 응?"

"형, 아니야. 아니라고."

나는 짱구 형을 말렸다.

"아니긴 뭐가 아니야! 존나 얻어터지더만. 내가 오지 않았으면 너는 죽었어. 무식하게 때리고 지랄이냐?"

짱구 형이 이맛살을 찡그리며 영준이를 바라봤다. 짱구 형과 영준이 사이에 뭔가 말로 표현할 수 없는 기운이 안개처럼 스멀거렸다. 영준이가 돌아섰다. 영준이는 나무 그늘을 등에 지고 터벅터벅 걸어갔다.

"야."

짱구 형이 영준이를 불러 세웠다.

"사람마다 사정 있어, 새끼야. 다 알지도 못하면서 공연히 마음속에 분노만 키우지 말라고. 나중에 그 분노가 나만의 판단으로 인한 거였다는 걸 알게 되면 되게 슬프거든. 후회도 되고 말이다. 그렇다고 해서 지나간 시간이 돌아오지는 않지. 나중에 생각해보면 그 시간이 얼마나 아까운지 알아? 생각할 것도 많은 그 시간에, 할 것도 많은 그 시간에, 웃을 일도 많은 그 시간에, 친구도 많이 사귈 그 시간에 미움과 분노만 이글이글 키우면서 보냈다고 생각해 봐라. 아주 땅을 치고 싶을 정도다. 내가 경험자로서 해주는 말이다."

묵묵히 서 있던 영준이가 돌아봤다.

"내가 친구가 단 한 명도 없거든."

영준이와 눈이 마주치자 짱구 형은 멋쩍은 듯 어깨를 으쓱 올렸다.

"머리에 든 것도 없고. 내가 네 나이에 다른 데만 신경 쓰느라고 놓친 게 아주 많거든. 흐흐. 야, 네 나이 때는 네 나이 때만 할 수 있는 일이 있다는 말이야. 그걸 놓치지 말고 꼭 잡으라는 거지. 이렇게 금쪽같은 얘기를 해주는 사람도 흔치 않아. 나한테 고맙다고 해, 새끼야. 그러니까 뭐냐! 내 말은 앞으로 나서 일한테 잘하란 말이다, 알았냐? 잘못했다가는 알아서 해라."

영준이는 한참 동안 짱구 형을 바라봤다. 영준이는 짱구 형이 하는 말을 다 이해하는 걸까? 짱구 형도 분노를 끌어안고 살았다는 걸 알아들었을까?

한참 후 영준이는 뒤돌아섰다.

"내가 고등학교 때 끓어 넘치는 분노를 어쩌지 못하고 어떤 새끼를 왕창 두들겨 팼는데 그게 지금까지도 마음에 걸려. 미안하다고 사과도 못할 정도로 그 아이는 몸도 마음도 많이 다쳤거든. 그런 일이 일어나지 않기를 바란다. 알았냐?"

짱구 형이 영준이 등 뒤에 대고 소리쳤다. 영준이는 한 번도 돌아보지 않고 터벅터벅 걸어갔다.

"야, 이게 뭐야? 다 터졌네."

짱구 형이 바지 뒷주머니에서 휴지 뭉친 것을 꺼내 내 입가를 닦았다. 휴지에서 치킨 냄새가 났다. 아니, 닭 냄새가 났다.

"괜찮아."

"괜찮기는 뭐가 괜찮아?"

짱구 형이 입가를 쓱쓱 문지르는 바람에 더 아프고 쓰렸다. 나는 얼굴을 찡그리며 짱구 형 손을 뿌리쳤다.

"아, 미안하다, 미안해. 많이 아프지?"

"형. 만난다는 사람은 만났어?"

나는 대답 대신 딴말을 물었다.

"아니."

짱구 형이 피식 웃었다.

"바로 나오면 만날 수 있을 것처럼 말해놓고 안 나타났어.

하지만 뭐 괜찮아. 그 사람은 언제나 늘 나를 생각하고 있으니까. 그것만으로도 내 존재의 이유는 충분해. 내가 계산을 해봤는데 말이야. 내가 아흔아홉 살까지 산다고 가정을 했을 때, 나는 백 살까지는 살고 싶지 않거든. 뭐 살려고 하면 살 수도 있지만 내 목표는 아흔아홉 살까지 사는 거야. 그렇다고 가정했을 때 나에게 남은 시간이 몇 시간인 줄 아냐?"

짱구 형이 제자리에 쭈그리고 앉아 휴대폰을 꺼냈다.

"그냥 대충 계산을 해도 말이야. 내가 지금 21년을 살았잖아. 만으로는 20년 조금 넘지만 우리나라 나이로 계산하자. 일 년은 365일, 365 곱하기 24……."

짱구 형은 휴대폰 계산기를 부지런히 눌렀다. 짱구 형이 아흔아홉 살까지 산다고 가정했을 때 68만 3천 2백 80시간이 남아 있다고 했다.

"물론 중간에 죽을 수도 있겠지만 그런 것까지 따질 필요는 없지. 그 시간 안에 엄마를 볼 수 있겠지. 아니 꼭 본다는 보장이 없어도 괜찮아. 내가 살아야 하는 충분한 이유가 있고 그건 소중하니까. 서로 만나지 않아도 보고 싶어 하고 언젠가는 봐야겠다는 결심도 하고, 또 볼 수 있다는 희망을 갖고 살면 되니까."

짱구 형은 진지하게 말했다. 진지하게 말하느라고 짱구 형 입으로 엄마라고 말한 것도 모르고 있는 거 같았다. 무슨 말인가 더 하려던 짱구 형이 그제야 놀라고 당황스러운 얼굴이 되어 손바닥으로 입을 막았다.

"내가 지금 뭐라고 했냐?"

"무슨 말? 68만 3천 2백 80시간을 더 살 거라는 말?"

"그거 말고…… 아, 씨발 다 말하고 말았네. 큭큭. 뭐, 큰 비밀은 아니야."

곧 짱구 형이 웃었다.

"저번에 이미 말했어."

나는 짱구 형이 웃는 걸 보고 마음이 놓였다.

"저번 언제?"

"술 마셨을 때."

"이 새끼 이거, 다 듣고도 못 들은 척했네. 내가 한 번 물어봤을 때는 시치미 딱 떼더니. 우리 엄마가 몇 살 때 나를 낳았다는 말도 했냐?"

"응."

"자세히도 말했네. 엄마는 어쩌면 나에 대한 기억은 다 잊고 싶을 텐데도 잊지 않고 있어. 그리고 잊지 않고 있다는 걸 한번씩 말해주는 거지. 그건 엄마에게 내가 소중하다는 것을 말하는 것과 같아. 그것만큼 큰 선물이 어디 있냐? 선물을 선물이라고 알게 된 것도 기쁨이지. 그걸 알아채지 못했다면 나는 영원히 불행했을 거야, 가자."

짱구 형이 자리를 털고 일어났다. 그걸 알아채지 못했다면 영원히 불행했을 거라는 말이 귀에 쏙 들어왔다.

"나서일. 야, 황 씨 아저씨가 그러는데 너 2002 월드컵 4강

진출하는 날 만들어졌다면서? 그거 대단한 거다. 세상에 이유 없이 태어나는 경우는 없어. 나는 네가 아, 이게 나에게 주어지는 선물이구나! 하고 느꼈으면 좋겠다. 너에게 남은 70만 시간은 자신을 갖고 살았으면 좋겠다고. 내 말 무슨 말인지 알지?"

짱구 형이 내 어깨에 손을 걸쳤다.

"나서일. 너는 집으로 가라. 푹 쉬어."

사거리에서 짱구 형이 말했다.

나는 집으로 돌아오며 나에게 남은 시간이 어림잡아 70만 시간이라는 말을 계속 생각했다. 단 한 번도 계산해보지 않았었다. 그렇게 많은 시간을 지금처럼 계속 산다면? 그건 끔찍할 거 같았다.

집에 돌아왔을 때 큰누나가 반갑게 맞아주었다.

큰누나는 오늘 아빠가 보여주었던 반응에 대해 묻고 또 물었다. 나는 몇 번이나 아빠가 했던 말을 반복했다.

"정말 기분 좋다. 앞으로 살아갈 목표가 확실해졌어. 너무 감사하다."

큰누나는 눈물을 글썽였다.

터진 입술에 연고를 바르고 침대에 누웠을 때 단톡방이 울렸다.

–내일 이사 간다. 오늘로 단톡방 끝이다.

영준이었다.

–서일이 마지막 일은 해결하지 못하고 간다, 미안하다.

그걸 끝으로 영준이는 단톡방에서 나갔다.

마음이 급해졌다. 영준이를 그냥 보낼 수가 없었다.

나는 영준이가 혼자만의 생각으로 모든 것을 판단하지 않았으면 좋겠다. 영준이는 자신의 생각만으로 엄마를 미워하며 증오를 키웠고 그 증오는 영준이 가슴을 파랗게 멍들게 했다. 아무 상관도 없는 여자아이들을 증오하고 미워했다. 짱구 형이 걸핏하면 아이들을 두들겨 팼던 것처럼. 나는 영준이가 그러지 않았으면 좋겠다. 나는 짱구 형이 불같이 보냈다던 시간을 계산해봤다. 열세 살부터 열아홉 살까지 어림잡아 6만 시간 정도였다. 6만 시간 동안 불을 끌어안고, 미움을 끌어안고 사느라고 얼마나 힘들었을까. 나는 영준이가 그렇게 사는 거 싫다. 짱구 형 말대로 그 시간에 우리가 할 일이 얼마나 많은데.

–지금 잠깐 만나. 편의점 앞으로 갈게.

나는 영준이에게 톡을 보냈다.

–왜?

–꼭 할 말이 있어.

나는 영준이가 사준 운동화를 신었다. 꼭 오늘 이걸 신어야 하는 의미 따위는 없다. 그냥 무덤덤한 표정으로 운동화를 건네던 영준이의 모습은 계속 내 머릿속에 남아 있었다. 앞으로도 영준이가 나에게 남아 있었으면 좋겠다는 바람이 있을 뿐이다.

멀리 편의점 앞에 서 있는 영준이가 눈에 들어왔다.

"나는 오늘부터 자신을 가지고 살려고 해. 6만 시간 중에 반은 허무하게 보냈거든. 놓친 게 많아. 그래서 6만 시간 중에 남은 시간은 가장 화려하고 멋지게 보내려고. 그러다보면 그래야 할 이유를 알 수 있을 거야. 네가 내 옆에 있어준다면 더 멋진 시간을 만들 수 있을 거 같아."

나는 영준이에게 하고 싶은 말을 연습하며 걸어갔다.

"영준이 네 옆에는 내가 있을게. 우리 같이 그 시간을 보내자."

나는 걸음을 빨리했다. 영준이가 돌아봤다. 영준이가 웃고 있었다.

6만 시간

창작 노트

———————— "나중에 나이가 들게 되면 지금의 시간을 많이 그리워할 거다."

학창 시절 영어 선생님이 했던 말을 가끔 생각한다. 그리워한다는 것은 돌아가고 싶다는 마음을 전제로 한다. 그때 나는 영어 선생님의 말을 마음속으로 반박했다. 힘들고 아프고 숨통을 조이는 시절을 그리워할 날은 절대 오지 않을 거라고.

살면서 내 생각에는 조금도 변함이 없었다. 이 나이가 되도록 단 한 번도 학창 시절, 그 시간을 그리워하지 않았다. 하지만 그리움과는 좀 다른 것이 생겼다.

후회였다. 온전히 쓰지 못했던 그 시간이 그렇게 아까울 수가 없었다. 그렇다고 해서 '그때 좀 더 열심히 살았다면 지금이 달라졌을 텐데…….' 이런 후회는 아니다.

사람이 태어나 사는 평생의 시간은 계절과 같다. 청소년기도 하나의 계절이다. 자신에게 주어진 삶을 어떤 식으로 나누는가는 각자의 몫이다. 나의 청소년기는 봄이었다. 대부분의 사람들이 그렇게 생각할 거다. 어찌 들으면 너무도 흔한 말, 수도 없이 듣는 말일 거다. 봄에 씨앗을 뿌리고 열심히 일을 해야 나중에 풍성한 수확을 할 테고, 그래야 개미처럼 배부른 겨울을 보낼 수 있다는 말은 학창 시절 누구나 귀에 인이 박이도록 들어봤을 말이다.

내가 그 시절 그 시간을 온전히 쓰지 못해 아깝다는 말은 그것과는 좀 다르다. 학창 시절에 나는 주어진 환경에 저항하고 원망하고 미워하며 보냈다. 지금 나는 다시는 돌아오지 않을 봄을 만끽하지 못한 것이 후회가 된다. 그 계절을 신나게 누리지 못한 것이 후회가 된다. 인생의 봄은 어떤 모양이고 어떤 색깔이었는지 그것을 전부 보지도 느끼지도 못하고 지나온 것이 후회스럽다.

누구나 만들어진 매뉴얼대로 움직이는 개미가 될 수는 없다. 모두가 다 우등생이 될 수도 없으며 어른들이 보기에 그럴듯하고 반듯한 모범생이 될 수도 없다. 마음먹은 대로 다 되면 삶이란 하나도 어렵지 않다.

살아보니 봄에 열심히 일하지 않았어도 나중에 기회는 찾아온다. 인생의 계절은 일반적인 계절과는 좀 다르다. 봄에 변변치 않은 씨앗을 뿌리고 그걸 돌보지 않았다 하더라도 여름과 가을에 몇 배 더 열심히 일하면 기회는 찾아온다. 봄에 개미가 되지 않았다고 해서 인생이 망쳐지는 것은 아니라는 말이다.

나는 지금 내 꿈을 이루어가며 잘 살고 있다. 그럼에도 불구하고 문득 인생을 망친 거는 아닌데도 후회스러울 때가 있다. 한 번 지나간 내 인생의 봄으로는 돌아갈 수 없기 때문이다.

'봄은 어떤 계절이었을까?'

그 봄에 미움과 원망만 가득하지는 않았을 텐데. 내가 미처 못 보고 지나친 봄이 궁금하다.

내가 작가라는 게 고마울 때가 있다. 꼰대로 잔소리하는 것이 아니라 직접 경험한 일을 말해줄 수 있을 때 그렇다.

6만 시간은 청소년기를 어림잡아 계산한 시간이다. 이 책이 독자들 마음에 진심으로 다가가길 바란다. 그래서 지금 6만 시간을 살고 있는 독자들이 다시는 돌아오지 않을 계절, 한 번 지나면 경험해볼 수 없는 그 계절을 만끽하길 바란다.

6만 시간의 봄을 어떻게 보낼지는 독자들의 마음이다. 다만 나중에 후회하지 않기만을 경험자로서 간절히 바랄 뿐이다.

–청소년들의 6만 시간을 응원하며

박현숙

6만 시간

초판 1쇄 발행일 | 2019년 9월 20일
초판 7쇄 발행일 | 2023년 4월 3일

지은이 | 박현숙
펴낸이 | 사태희
편집인 | 배우리
디자인 | 박소희
마케팅 | 장민영
제작인 | 이승욱, 이대성

펴낸곳 | (주)특별한서재
출판등록 | 제2018-000085호
주 소 | 08505 서울시 금천구 가산디지털2로 101 한라원앤원타워 B동 1503호
전 화 | 02-3273-7878
팩 스 | 0505-832-0042
e-mail | specialbooks@naver.com
ISBN | 979-11-88912-55-1 (43810)